Impressum:

©2015 Alexandra Schumann

Ossostr. 18, 76879 Essingen, Germany

Titel und Autor: Der Augenblick mit dir, Alexandra Schumann
Cover pictures by fotolia.com
Layout Nico Schumann
All rights reserved

Herstellung und Verlag:
BoD - Books on Demand, Norderstedt
ISBN 978-3-7412-9777-9

# Der Augenblick mit dir

Paul saß am Schreibtisch und starrte auf seinen Monitor. Was für eine Nacht! Nachdenklich kratzte er sich an der Nase. Er hatte gedacht, solche Sachen passierten nur in der Teenagerzeit, aber als er gestern Abend mit seinen Kollegen und besten Freunden Daniel und Nico ins Pub ging, um ein Feierabendbierchen zu trinken, saß da diese sexy Rothaarige an der Theke und nahm direkt Blickkontakt mit ihm auf. Sie kam einfach herüber und setzte sich zu ihnen, stellte sich als Ute vor und schlug lasziv ihre endlos langen Beine übereinander, die nicht einmal bis zu den Knien bedeckt waren. Natürlich rutschte das Röckchen dadurch noch etwas höher…

Sie redete mit rauchiger, verführerischer Stimme mit einem Schlafzimmerblick, der alles versprach! Dabei strich sie immer wieder aufreizend mit ihren Fingern durch ihr langes, rotes Haar und kräuselte ihre vollen, rot geschminkten Lippen. Zu späterer Stunde legte sie wie selbstverständlich ihre Hand auf seinen Oberschenkel und streichelte ihn sanft mit der Spitze ihres Daumens. Diese kleine Geste bereits erregte ihn ohnegleichen, mit dem Ergebnis, dass sie bald darauf zu ihm nach Hause gingen, bereits im Flur übereinander herfielen und im Bett gelandet waren. Er verbrachte eine unglaubliche Nacht voller Leidenschaft, die seit langem in ihm loderte und sich mit einem Schlag entlud.

Die schnelle Nummer war gar nicht Pauls Art, aber er konnte ihr einfach nicht widerstehen, zumal er seit längerer Zeit Single war. Seine letzte Freundin hatte vor eineinhalb

Jahren die Beziehung bel er ihr nicht erwachsen genug war. Ganze d            e hatte sie mit ihm durchgehalten. Pah, nich            n genug, wie erwachsen konnte ein Mann denn w            var jetzt dreißig!

Wie würde es nun weite            ne-Night-Stand, oder…? Er fuhr mit den Fingern durch sein haselnussbraunes Haar, sodass es in alle Richtungen abstand. Zum Frisör musste er auch unbedingt mal wieder! Noch nicht mal nach ihrer Telefonnummer hatte er gefragt.

„Guten Morgen, du Hengst!" Lachend setzten sich Daniel und Nico auf seinen Schreibtisch, jeder eine Tasse Kaffee in der Hand, eine hielt Daniel ihm vor die Nase und zwinkerte ihm zu. „Extra stark!"

„So, nun trink einen Schluck und dann wollen wir alles genau wissen!", forderte Nico.

Paul wurde rot. „Na ja, was soll ich groß erzählen? Sie ist mitgegangen, wir waren im Bett und das wars."

„Na hör mal, mehr Details bitte!"

„Der Gentleman genießt und schweigt!" Paul grinste und stellte seine Tasse ab. „Nur so viel: es war fantastisch! Und heute Morgen ist dann jeder seiner Wege gegangen und fertig!"

„Keine Nummern ausgetauscht?"

„Keine Nummern ausgetauscht."

„Respekt, so 'ne Aktion hätte ich dir gar nicht zugetraut!" Daniel betrachtete ihn prüfend aus seinen blauen Augen. Der war wohl erst beim Frisör, dachte Paul, Daniels Frisur war wie stets tadellos.

„Ich mir auch nicht", murmelte Paul kaum hörbar.

„Hört mal, ich wollte noch was anderes mit euch besprechen." Daniel räusperte sich. „Ich hab endlich einen Bauplatz gefunden, der ist toll und ich würde echt gerne zuschlagen. Ich kann das aber bloß machen, wenn ihr mit durchzieht, sonst kann ichs mir nicht leisten."

„Klar, keine Frage!" Nico und Paul zögerten keine Sekunde mit ihrer Zusage. „Abends und samstags, du kannst auf uns zählen!"

„Mann, danke Leute, ihr seid echt toll! Ohne eure Hilfe könnte ich mir diesen Traum vom eigenen Häuschen echt nicht erfüllen."

„Kein Thema!", bekräftigte Paul, froh über den Themenwechsel, „Wenns bei uns so weit ist, bist du ja auch dabei." Dies war eine einfache Feststellung, sie kannten sich schon aus der Berufsschule und waren seitdem stets füreinander da gewesen.

Daniel hielt die flache Hand hoch und die beiden anderen schlugen ein. „Einer für alle und alle für einen!"

Nico rückte seine Brille zurecht. „Jetzt aber an die Arbeit, da vorne kommt der Chef!"

Es war halb sechs, als Paul seine Wohnungstür aufschloss. Den Rest des Tages hatte er vor lauter Arbeit keine Zeit mehr zum Nachdenken gehabt. Er betrat den Flur, streifte seine Schuhe ab und stellte sie ordentlich nebeneinander, seine Mutter hatte ganze Arbeit in Sachen Erziehung geleistet, dann hängte er seine Jacke an die Garderobe. Er ging ins Wohnzimmer, gab seiner Yucca Palme etwas Wasser und seinem Goldfisch ein wenig Futter und schaltete das Radio ein. So, jetzt fühlte er sich nicht alleine. In der Küche entnahm er dem Kühlschrank einen flachen Karton: *Schweineroulade mit Kartoffelpüree und Rotkohl*, riss den Karton auf, entnahm ihm einen schmalen Behälter, entfernte die Folie und verstaute ihn in der Mikrowelle. So eine Mikrowelle war schon eine gute Erfindung, schneller gings nun wirklich nicht. Er entnahm der Schublade ein Messer und eine Gabel, als die Mikrowelle mit einem kurzen „Bing" verkündete, dass das Essen bereits fertig war. Er setzte sich an seinen Küchentisch und probierte. Pfui Teufel! Er erinnerte sich an einen Spruch von Crocodile Dundee: Es schmeckt beschissen, aber man kann davon leben... Paul musste grinsen und würgte das Zeug herunter, weil sein Magen keine Alternative zuließ.

Er war noch nicht fertig, geschweige denn satt, als das Telefon klingelte.

„Hallo Mama."

„Hallo Paul, mein Junge. Wie gehts dir? Du könntest dich ruhig öfter melden! Papa wird in Frührente gehen, also nicht ganz, nur Teilzeit. Das heißt, er wird dann noch drei Tage die Woche arbeiten. Ein Glück! Wenn der plötzlich nur noch zu Hause hocken würde... nicht auszudenken! Ich wollte dir sagen, dass du am Wochenende mal wieder kommen sollst, wir haben uns ja mindestens zwei Wochen nicht gesehen, ich mache auch Sauerbraten, den isst du doch so gerne! Ich werde noch Elisabeths Tochter Rita fragen, ob sie auch Lust hat zu kommen, die ist nämlich auch noch Single. Mir bleibt wohl nichts anderes übrig, als hier mal nachzuhelfen. Du bist dreißig, mein Sohn, d r e i ß i g! Höchste Zeit zu heiraten und ich hab auch keine Lust mehr, noch länger auf meine Enkel zu warten. Nachher endest du noch als biertrinkender, fernglotzender, fetter Junggeselle, der sich aus der Mirowelle ernährt, den Hintern nicht mehr von der Couch bekommt und die Socken nicht wechselt. Aber ich bin ja auch noch da und ich lass das nicht zu! Also bis Sonntag dann und sei pünktlich! Ich muss jetzt auflegen, Shopping Queen fängt an."

Entsetzt starrte Paul auf den Hörer, der nur noch ein Tuten von sich gab, dann ließ er sich wieder auf seinen Stuhl fallen. Ihm fehlten die Worte, sie hatte es mal wieder geschafft. Und der Appetit war ihm nun auch vergangen. Er warf den Behälter mit dem restlichen Essen in den Müll, holte sich ein Bier aus dem Kühlschrank und öffnete es mit einem „Plopp". Prost, Mama, auf dich! Er nahm einen kräftigen Schluck und griff nach seinem Dampfer. Vor einem halben Jahr war er auf die E-Zigarette umgestiegen und hatte es endlich geschafft! Sogar vom Nikotin war er mittlerweile weg. Sein Gesicht verschwand im weißen Nebel. Es war doch nicht so, dass er nicht gewollt hätte, er wollte die Ehe, ein eigenes Heim, Kinder, ja, Paul war ein echter Spießer. Es fehlte nur eins: die richtige Frau! Er erinnerte sich an einen Film, den er einst mit seiner Ex-Freundin gesehen hatte, wie hieß der doch gleich nochmal? Ah ja, Bridget Jones! Paul lachte in sich hinein. Ja, genau so fühlte er sich im Moment, wie diese Bridget Jones. Wie grotesk, über den Film hatte er sich damals köstlich amüsiert, nie wäre er auf die Idee gekommen, dass es einem tatsächlich so ergehen konnte. Scheinbar wurde die ganze Sache tatsächlich schwieriger, je älter man wurde…

Es klingelte an der Haustüre, weshalb er seinen Gedankenfluss unterbrechen musste. Bestimmt Daniel, um seine Baumaßnahmen näher zu besprechen und ein Bier zu trinken. Paul öffnete. Es war nicht Daniel, vor ihm stand die rothaarige Ute. Sein Herz machte einen Hüpfer und in seinem Bauch begann es zu kribbeln. Sie strahlte ihn mit ihren grünen Augen an und fuhr mit ihrer Zungenspitze verführerisch über ihre Lippen. Er ließ sie herein und schloss die Tür. Sie öffnete den Gürtel ihres Mantels, ließ ihn über ihre Schultern gleiten und auf den Boden fallen. Und so stand sie vor ihm, in ihrer wunderschönen Nacktheit, wie Gott sie erschaffen hatte…

Ohne etwas zu sagen, kam sie zu ihm und küsste ihn leidenschaftlich, während sie sich bereits an seiner Hose zu schaffen machte.

Vielleicht meinte es das Schicksal ja doch noch gut mit ihm.

Erschöpft lagen sie nebeneinander auf Pauls Bett, die Decke war auf den Boden gefallen, das Laken völlig zerwühlt. Also, an seinen Qualitäten als Liebhaber konnte es doch nicht liegen?!

Er drehte sich zu ihr, knüllte sein Kopfkissen zusammen, so dass er sie besser betrachten konnte. Sie lächelte ihn an, war völlig entspannt und ihr langes, rotes Haar bildete einen Fächer um sie. Da kam Paul eine Idee, er kämpfte mit sich, sollte er sie fragen? Wie würde sie darauf reagieren? Womöglich gleich davon laufen? Ach, dachte er, tritt dem Teufel auf den Kopf, was hab ich schon zu verlieren!

„Hättest du Lust, am Sonntag mit zu meinen Eltern zu kommen? Es gibt Sauerbraten."

So, nun war es raus und er kam sich lächerlich dabei vor, kaum, dass er die Frage ausgesprochen hatte. Sein Körper spannte sich an in Erwartung von Utes Flucht.

Sie musterte ihn und er sah ihr an, dass sie sich überrumpelt fühlte, aber sie dachte nach.

„Gern, ich liebe Sauerbraten."

Ha, so einfach war das! Er liebte Unkompliziertheit an einer Frau, sowas war schwer zu finden! Mit einem Gefühl des Triumphs im Bauch entspannte er seine Finger, die sich in sein Kopfkissen gebohrt hatten.

Am nächsten Morgen rief er auf dem Weg zur Arbeit seine Mutter an: „Hallo Mama, wie gehts? Ich wollte dir nur Bescheid geben, dass ich Sonntag jemanden mitbringe, du brauchst Rita also nicht zu fragen. Ich muss auflegen, bin auf der Arbeit. Tschüs und Gruß an Papa." Er drückte schnell den roten Knopf seines Handys und betrat schmunzelnd das Büro. Na das Gesicht hätte er gern gesehen…

„Hallo Black Beauty, was gibts Neues vom Hengst?" wurde er von Daniel begrüßt und Nico stieß begleitend ein Wiehern aus.

„Sie war wieder da."

„Wusste ichs doch!", triumphierte Nico und rückte seine Brille zurecht. Er hatte ein Faible für ausgefallene Brillen und trug heute eine Nickelbrille in einem knalligen apfelgrün, die in starkem Kontrast zu seinem langen, dunklen Haar und dem Dreitagebart stand.

„Ich hab ihre Nummer und Sonntag begleitet sie mich zum Essen bei meinen Eltern."

So, jetzt hatte er die beiden mundtot gemacht, zwei Tore an einem Tag! Paul setzte sich an seinen Platz und schaltete den Computer ein.

„Wow, jetzt bin ich echt von den Socken, das freut mich für dich! Heißt das, es wird was Festes mit euch beiden?"

„Mal sehen, könnte sein."

„Damit habe ich bei der nicht gerechnet."

„Was soll das heißen?" Paul schaute fragend auf.

Daniel räusperte sich und fuhr zögernd fort: „Naja, ich dachte…"

„Die sieht halt nicht gerade wie eine potenzielle Mama aus", ergänzte Nico lachend und band seine Haare mit einem Gummi zu einem Zopf. „Pass bloß auf, dass du der nicht die Figur ruinierst."

„Nur weil sie sexy ist könnt ihr doch nicht daraus schließen, dass sie nicht zum Familienmensch taugt." Paul blickte entrüstet von einem zum andern.

„Schau bloß, dass du das früh genug klärst, bevor du dich zu sehr verliebst", riet Daniel.

„Könnt ihr euch nicht einfach für mich freuen?" Paul war sauer.

„Tun wir doch, hüüüüüh!" Lachend begaben sich die beiden auf ihre Arbeitsplätze und Paul rollte leicht genervt mit den Augen.

Am Sonntag holte Paul Ute mit dem Wagen ab. Er klingelte und es dauerte eine ganze Weile, bis sie den Türöffner bediente. Er ging nach oben zu ihrer Wohnung, die Tür stand schon offen, so trat er einfach ein.

„Komm rein, ich bin noch im Bad, bin gleich fertig."

Er schaute kurz auf seine Armbanduhr, okay, sie hatten noch ein paar Minuten. Er sah sich um, ach du... wo war er denn hier gelandet? Im Barbie-Haus? Ein rosa Sofa, das belagert war von irgendwelchen Plüschtieren, unter dem weißen Couchtisch lag ein pinkfarbener Zottelteppich und eine Wand war rosa gestrichen - mit Glitzer! Paul dachte, dass ihm jetzt nur noch der Waschbrettbauch fehlte, um Ken zu spielen. Ein Glück blieb ihm keine Zeit mehr, sich noch weiter umzusehen.

„Fertig, wir können fahren." Ute betrat die Bühne. Sie trug Leggings mit Leopardenmuster, darauf einen schwarzen Ledermini, einen breiten, schwarzen Gürtel und ein hautenges, schwarzes Glitzershirt. Sie drückte ihm einen

Kuss auf den Mund und hüpfte in den Flur, um ihr Outfit mit schwarzen Overknees zu vervollständigen. Dabei klimperten ihre Ohrringe oder ihre Halskette, oder die Armreifen…? Paul schluckte hörbar. Ute zog den zweiten Reißverschluss ihrer Stiefel hoch und strahlte ihn an. „Gefall ich dir?"

„Du siehst… umwerfend sexy aus", stieß Paul hervor. Mit einem zufriedenen Nicken nahm Ute einen Strauß rosa Rosen vom Schuhschrank. „Für deine Mutter." Sie stieg die Treppe hinab. Das konnte ja heiter werden. Aber immerhin, sie hatte Blumen besorgt, das zeugte doch von Anstand!

Mit gemischten Gefühlen hielt Paul vor seinem Elternhaus. „So, da wären wir."

Ute sah sich um. „Das kleine Reihenhäuschen da?", fragte sie abwertend.

„Ähm, ja." Er stieg aus, ging um den Wagen und öffnete ihr die Tür. Seine Mutter öffnete bereits, als er gerade auf den Klingelknopf drücken wollte, ihn aber noch nicht berührt hatte. Er nannte ihr Küchenfenster immer lachend das Else Kling Fenster, weil man hieraus die ganze Straße überblicken konnte.

Da stand sie, in ihrer geblümten Kochschürze und dem Kochlöffel in der Hand. Sprachlos musterte sie Ute von oben bis unten mit aufgerissenen Augen.

„Möchtest du uns nicht reinlassen?", fragte Paul peinlich berührt. Wortlos hielt sie die Tür auf und Ute trat als erste ein.

„Hier", sie drückte ihr den rosa Rosenstrauß, auf dem nur noch der Glitzer fehlte, in die freie Hand, „ich bin Ute und Pauls neue Freundin", und trat ohne weiteres ins Wohnzimmer, wo sie stürmisch von Max, dem alten Bobtail Mix, begrüßt wurde. „Hey, du machst meine Klamotten voll mit Haaren!", schimpfte sie und schubste ihn weg, als er an ihr hochspringen wollte.

„Komm her, mein alter Junge." Max ging geduckt und mit eingezogenem Schwanz hinüber zu Paul, der ihm zärtlich die Ohren kraulte, bis der ältliche Hund in seine Ecke ging, von der aus er das ganze Zimmer überblicken konnte und sich in sein Körbchen legte.

„Oh là là!" Pauls Vater sprang vom Sessel auf, in dem er Zeitung lesend gesessen hatte und streckte Ute die Hand hin. „Ich bin Erich, Pauls Papa. Freut mich sehr!", begrüßte er sie, während er sie wohlwollend musterte.

Ute ergriff augenklimpernd seine Hand und stellte sich vor.

„Setzen Sie sich doch! Ein Glas Wein?" Eifrig rückte er ihr einen Stuhl zurecht. Wenigstens Papa schien sie zu gefallen.

„Und ich", erklang die boshafte Stimme von Pauls Mutter, die mit den Blumen und einer Vase in der Hand das Zimmer betreten hatte, „bin Frau Jünke!", erklärte sie mit Nachdruck. Au weia! Paul sah die Notwendigkeit, einzuschreiten.

„Ich helfe dir, Mama." Er ging voran in die Küche, während Ute und sein Vater bereits bei einem Glas Wein am Tisch saßen und sich angeregt unterhielten.

„Was ist *das* denn?", keifte sie in der Küche, kaum, dass sie die Tür geschlossen hatte.

„Ute", antwortete Paul kleinlaut. „Mama, bitte, lerne sie doch erst mal kennen, sie ist wirklich nett." Er schaute sie mit großen Augen an und schon wich etwas Zornesröte aus ihrem Gesicht. Ja, er konnte sie immer noch um den Finger wickeln. „Und klug", schob er nach und überlegte, dass er das eigentlich selbst noch nicht wusste…

„Hier, bring die Platte schon mal raus." Sie seufzte und rollte mit den Augen.

Puh! Erleichtert schnappte er sich die Platte und verließ eilig die Küche.

Während des Essens unterhielten sich Ute und Pauls Vater weiter, während er und seine Mutter schweigend dabei saßen. Erst als Erich fragte, was Ute denn beruflich mache, hakte Pauls Mutter mit ein: „Ja, Ute, erzählen *Sie* doch mal, welchem *Gewerbe* gehen Sie denn nach?"

Paul verschluckte sich an seinem Bier und hustete, seine Mutter klopfte ihm gewohnheitsgemäß auf den Rücken, ohne jedoch ihren forschenden Blick von Ute abzuwenden. Ute begann ganz unbefangen, von ihrer Arbeit im Callcenter der Telekom zu erzählen.

„Ach, wie interessant!" Erich lauschte gebannt, während die Augen von Pauls Mutter immer mehr zu schmalen Schlitzen wurden.

„Erich, du glaubst ja gar nicht, wie viele Anrufe da von Scherzkeksen kommen! Gottseidank ist die Telekom-Witze-Welle im Gegensatz zu früher ja schon abgeflacht, aber glaub mir, es ist immer noch schlimm genug! Neulich zum Beispiel ruft einer an und meint, sein Telefonkabel wär zu lang, ich solle doch mal an meinem Ende ziehen."

Paul nutzte Erichs lautes Gelächter, um aufzustehen und mit dem Abräumen des schmutzigen Geschirrs zu beginnen. Er eilte mit dem Stapel in die Küche, um dem schaurigen Schauspiel zu entgehen. Nachdem er die Küchentür zugeschubst hatte, atmete er erst mal durch, doch die Erleichterung hielt nicht lange an, schon kam seine Mutter hereingestürmt und rempelte ihn dabei mit der Tür an, sodass ihm die Teller beinahe aus der Hand gefallen wären.

„Paul, das ist ja wohl nicht dein Ernst! Was willst du denn mit *so* einer? Sie ist dumm wie Brot und läuft herum wie eine ..."

„Wieso denkst du, sie wäre dumm?", fragte er interessiert und bereit, Ute zu verteidigen.

„Das *sieht* man doch!"

Beschwichtigend legte er einen Arm um ihre Schulter.

„Ach Mama, das Essen war so gut, nun lass uns doch einfach den Mittag genießen, komm, trinken wir ein Gläschen Wein zusammen."

Er drückte ihr schmatzend einen Kuss auf den Kopf, sie war echt klein, dachte er und fragte sich, ob sie früher auch schon so klein war, oder bereits mit Schrumpfen begonnen hatte, und nahm ihr damit allen Wind aus den Segeln.

„Na gut." Erschöpft lehnte sie ihren Kopf an seine Brust. „Machen wir das, ich bin doch so froh, dass du da bist!"

Paul öffnete eine frische Flasche Wein und holte zwei Gläser aus dem Schrank, er füllte sie bis zum Rand. Sie nahm eins entgegen und schaute ihn aus sorgenvollen Augen an. „Prost, Mama, und danke für das tolle Essen." Seufzend leerte sie fast die Hälfte und er zögerte nicht, ihr gleich nochmal nachzuschenken.

Bis sie die Küche wieder in Ordnung gebracht hatten, war die Flasche leer und der restliche Mittag verlief friedlich. Mit der Zeit würde sie sich schon an Ute gewöhnen, Paul war da ganz zuversichtlich.

Er atmete auf, als er Ute zu Hause abgesetzt hatte und endlich in der Sicherheit seiner eigenen vier Wände entspannen konnte. Mann, war das anstrengend gewesen! Er legte sich auf die Couch, schaltete den Fernseher an und bevor er registrieren konnte was eigentlich lief, tat der Rotwein seine Wirkung und er schlief mit der Fernbedienung in der Hand ein.

Das Klingeln an der Haustür weckte ihn, verschlafen rappelte er sich auf, schaltete den Apparat ab und schlurfte zur Tür.

„Hallo Daniel, hallo Nico! Kommt rein."

„Mann, wie siehst du denn aus?" Nico klopfte ihm freundschaftlich den Rücken.

„Hab geschlafen. Ich hol uns Bier."

Sie setzten sich an den Küchentisch und stießen mit den Flaschen an. Paul erzählte von seinem Katastrophennachmittag und erntete mitleidige Blicke. Kommentare kamen zum Glück keine. Stattdessen ergriff Nico das Wort: „Ich hab mir überlegt, bevor Daniels Baustress losgeht, sollten wir uns noch was gönnen. Und deshalb…" Er legte ein Prospekt auf den Tisch, „hier: drei

Tage Oberstdorf, wir drei. Ski Hasen, Après Ski..." Nico zwinkerte unternehmungslustig und Daniel grinste.

„Genau!", pflichtete Daniel bei, „das bringt dich auf andere Gedanken. Ich zahle, sozusagen als Vorab-Dank."

Paul war hellwach. „Super, bin dabei!" Und wieder klackten die Flaschen aneinander und Paul zückte seinen Dampfer.

Dreiundzwanzig Uhr: Bier leer, Feierabend, weil morgen früh Nacht vorbei.

Paul fiel ins Bett, knautschte das Kissen zusammen und schlief die ganze Nacht wie ein Murmeltier, er träumte von Ski Hasen und Après Ski...


Leicht verkatert schleppte er sich am Morgen zur Arbeit, Montag...

Daniel und Nico ging es wohl genauso, denn sie hoben nur grüßend die Hände, als er das Büro betrat, und blieben sitzen. Sonderlich produktiv würden sie heute wohl nicht sein, für die Woche mussten sie erstmal warmlaufen. Er setzte sich an seinen Platz, schaltete seinen Computer an und tat, als würde er arbeiten.

Also, seine Mutter konnte sagen, was sie wollte, er fand Ute toll. Sie war spontan, unkompliziert, sah super aus und war gut im Bett.

Er verzog leidend das Gesicht, als sein Telefon klingelte, irgendwie schriller als sonst. Trotzdem nahm er ab. Seine Miene erhellte sich, als Ute sich meldete.

„Hallo, mein Süßer", säuselte sie, „ich hab gerade an dich gedacht und wollte dir sagen, dass ichs echt schön fand gestern. Dein Vater ist echt nett!"

Paul grinste. „Ja, und ich bin sehr froh, dass du mitgekommen bist."

Kurzes Schweigen und ein Gefühl der Freude genießen…

„Ah", fiel Paul ein, „hör mal, ich werde demnächst mit meinen beiden Freunden zum Ski fahren gehen, sind aber nur drei Tage, dann bin ich wieder da."

Kurzes Schweigen am anderen Ende, ohne Gefühl der Freude?

„So."

Oh je, das hörte sich nicht freundlich an, war sie etwa beleidigt?

„Ähm, machts dir was aus?"

„Aber nein", entgegnete sie eingeschnappt, „kein Problem, ich werde schon was finden, wie ich mir die Zeit *vertreiben* kann."

Daniel und Nico würden ihm den Kopf abreißen: „Du kannst gerne mitkommen, wenn du magst."

„Nein, danke!", erwiderte sie kühl, „Ich kann nicht Ski fahren und hasse die Kälte. Ich bevorzuge Sonne, Palmen, Strand und Meer."

Paul hatte die zündende Idee!

„Pass auf, zur Entschädigung lade ich dich auf eine Woche Urlaub am Meer ein, mit allem Drum und Dran und abends Cocktail an der Bar."

„Oh Paul, toll!", rief sie erfreut und Paul hielt sich mit einer Hand den Kopf und mit der anderen den Hörer zehn Zentimeter vom Ohr weg.

„Da freu ich mich schon drauf! Wie wärs zwischen Weihnachten und Neujahr? Da schließt unser Büro sowieso... oh, fantastisch!" Sie war ganz aus dem Häuschen.

„Ja, Liebes, ich freu mich auch, bis dann."

„Tschüssiiii!", flötete es aus dem Hörer und legte auf.

Seine Mutter wäre nicht begeistert, dass er Weihnachten nicht da war, aber was sollte er machen?!

In der Mittagspause beschloss er, dass sie zum kleinen Italiener an der Ecke gehen sollten. Der Vorschlag wurde dankbar angenommen, alle drei hatten einen Mordshunger und Paul hing der Mikrowellenfraß zum Hals raus. Sie bestellten jeder eine Flasche Wasser zum Essen und die ersten paar Minuten hing jeder seinen eigenen Gedanken nach. Dann eröffnete Nico das Gespräch: „Nächsten Samstag spielen wir im Lemmons Pub. Kommt ihr?"

Nico spielte schon von klein auf Saxofon und spielte seit Jahren in einer Jazzband. Er war dann immer ganz aufgeregt, wenn sie einen öffentlichen Auftritt hatten, einen Gig nannte er es. Dabei gab es keinen Grund für ihn, nervös zu sein, er spielte wie ein junger Gott. Paul selbst hatte als Kind Gitarre spielen gelernt, mit der Zeit aber das Interesse verloren und so verstaubte das schöne Teil zu Hause in der Ecke.

Daniel und Paul wussten, dass es Nico wichtig war, wenn sie zu seinen Gigs kamen, das stärkte ihm den Rücken und so sagten sie ganz selbstverständlich zu.

„Und wehe, ihr applaudiert nicht!"

„Nee, wir lassen Buhrufe los!", zog Daniel ihn auf.

Paul schluckte seinen Bissen herunter und spülte mit einem Schluck Wasser nach. „Ich versteh nicht, warum du nicht mal zu so einer Casting-Show gehst. Du bist so gut, du könntest richtig Karriere machen. Du versauerst doch richtig im Büro, eigentlich bist du doch Musiker mit Leib und Seele."

„Bist du verrückt?!" Nico prustete. „Das würde ich mich nie und nimmer trauen! Da bist du im Fernsehen, überleg doch mal, wie viele Leute da zusehen. Und die Jury, die machen dich voll *platt*! Da hockt dann der Bohlen und macht dich *platt*!"

„Ich würd mich das auch nicht trauen", gab Daniel zu und schob eine Olive von seiner Pizza.

„Du bist ja auch kein Gott am Saxofon", konterte Paul, „Nico hingegen verschleudert bei uns im Büro sein Talent."

„Du hast keine Ahnung, wie es in dieser Branche zugeht, die Konkurrenz ist riesig und ich zu schüchtern, vergiss es!" Damit war für Nico das Thema beendet.

„Wärs für euch okay, wenn ich Ute frage, ob sie mitkommen möchte?", fragte Paul zögerlich, an das Telefongespräch vom Vormittag denkend.

„Nee, Quatsch, kein Problem!", kam einstimmig die Antwort.

Dann hielt Nico warnend sein Messer hoch. „Aber sie muss applaudieren!"

Paul rief sie gleich nach der Mittagspause noch einmal an, um sie zu fragen und freute sich, als Ute sich gleich bereit erklärte mitzukommen.

Als Paul Feierabend hatte, fuhr er zu Media Markt. Er fuhr mit dem Fahrstuhl nach oben in die Fotoabteilung. Gleich links stand ein Regal, auf dem er fand, was er suchte. Er entschied sich für einen kleinen, unauffälligen Camcorder, dann ging er zu McDonalds direkt gegenüber und entkam so seinem Mikrowellenfraß.

Nico musste schon früher im Lemmons Pub sein und so betrat er mit Ute und Daniel zusammen das aus Sandstein gemauerte Kellergewölbe, das in schummriges Licht getaucht war. Im Mittelpunkt stand die große, alte Holztheke, in der sich viele schon durch Einritzen verewigt hatten. Der Wirt war so um die fünfzig und hatte seine langen, grauen Haare stets zu einem Zopf gebunden und trug sogar ein Gummi in seinem langen, grauen Bart. Paul kam gern hierher, ihm gefielen die behagliche, urige Atmosphäre und das gemischte Publikum. Außerdem brauten sie das Bier selbst…

Ute schien es nicht so zu gefallen, naja, schick war halt anders. Aber sie würde sich nachher schon von der Stimmung anstecken lassen. Sie bahnten sich einen Weg in

Richtung der kleinen, provisorisch aufgebauten Bühne und ergatterten tatsächlich einen der vorderen Tische, die wie die Theke vollgeritzt mit Herzen, Namen und Sprüchen waren. Sie hatten sich gerade hingesetzt, als eine Frau mit einem fünfjährigen Jungen an ihren Tisch trat.

„Toll, dass ihr auch da seid, dann sitze ich bei euch." Strahlend begrüßte sie Paul und Daniel herzlich mit Küsschen rechts und links auf die Wange.

„Das sind Michaela, die Frau des Klavierspielers in Nicos Band und ihr Sohn Patrick. Michaela, das ist meine Freundin Ute", stellte Paul vor. Die beiden Frauen beäugten sich kühl. Irgendwie schien die Chemie nicht so zu stimmen und so unterhielten sie sich den ganzen Abend ausschließlich mit den Männern und wechselten untereinander kein Wort. Paul fand es anstrengend, weil jede ständig versuchte, das Gespräch an sich zu reißen. Vielleicht war Ute eifersüchtig?

Das würde ja heißen..., dass er ihr nicht egal war!

Daniel und Paul atmeten erleichtert auf, als die junge Bedienung kam, um ihre Bestellungen aufzunehmen und orderten ihr Bier, Michaela schloss sich an. „Und eine Limo für Patrick."

„Einen Swimming-Pool, bitte", gab Ute in Auftrag.

„Das haben wir nicht", gab das Mädchen Kaugummi kauend Auskunft.

„Was habt ihr dann?", fragte Ute genervt.

„Softdrinks, Bier und die harten Sachen."

„Habt ihr Sekt?"

„Jou", kam die ungehörige Antwort.

„Ne Flasche!"

Paul schluckte. Schleppend zog sich die Unterhaltung, bis die Getränke kamen. Ute stürzte das erste Glas in einem Zug hinunter und zog damit irritierte Blicke auf sich, aber sie lächelte nur triumphierend und goss sich sogleich das nächste ein.

Paul und Daniel blickten sich erlöst an, als endlich die Band die Bühne betrat. Sie erhoben sich mit lautem Rufen und Pfeifen von ihren Stühlen und klatschten begeistert in die Hände. Nur Ute blieb sitzen und nippte an ihrem nächsten Glas Sekt.

Nico und die anderen Bandmitglieder strahlten und verbeugten sich, dann wurde es noch etwas dunkler und dezentes, buntes Licht setzte die Bühne in Szene. Wer einen Stuhl hatte, setzte sich in gespannter Erwartung wieder hin und es wurde ganz ruhig in der Kneipe, dann legten sie los und eine Stunde später schien die Stimmung in der Kneipe überzukochen. Es gab keinen, der sich von der Musik nicht mitreißen ließ. Und als sie „Summertime" ankündigten, drückte er Daniel die Kamera in die Hand: „Hier, film das!", und als die Musik erklang und Nico ein unglaubliches Solo hinlegte, schnappte sich Paul übermütig seine Ute, nahm sie in den Arm und küsste sie. Er fühlte sich so in romantischer Stimmung! Ute hatte inzwischen ihre Flasche geleert, erwiderte seinen Kuss, ergänzte ihn mit fordernden Streicheleinheiten. Als ihre Hände zu seinem Po wanderten, setzte er sich wieder hin und flüsterte ihr ins Ohr: „Nicht, Patrick sieht uns zu…"

„Na und, was hat das kleine Balg hier überhaupt zu suchen!" erwiderte sie genervt.

Erschüttert schlug er die Beine übereinander, um Zeit zu gewinnen. Gedanklich entschuldigte er sie damit, dass sie getrunken hatte und eifersüchtig auf Michaela war. Eifersüchtig, das hieß doch, dass ihr ziemlich viel an ihm lag?! Er beugte sich zu ihr vor und wisperte ihr ins Ohr: „Ich entschädige dich später dafür…" Er zwinkerte ihr zu und sah dann wieder hinüber zur Bühne.

Nico schien nicht mehr hier zu sein, nicht hier in der Kneipe, nicht auf der Bühne, nicht vor anderen Menschen. Mit geschlossen Augen, völlig versunken, spielte er, war eins mit seinem Saxophon. Paul übernahm die Kamera und setzte ihn in Großaufnahme.

Sie gingen erst, als die Kneipe schloss und Ute ging wieder mit zu ihm, um mit ihm die Nacht, beziehungsweise den Morgen mit ihm zu verbringen. Er wollte eigentlich nur noch ins Bett, sie auch, doch während Paul ans Schlafen dachte, hatte sie ganz andere Dinge im Kopf. An sein Versprechen denkend, gab er sich ihr halbherzig hin.

„Leute, es ist so weit!", verkündete Daniel stolz und strahlte dabei über das ganze Gesicht.

„Der Bau kann beginnen, lets work!"

„Klär uns mal über den aktuellen Stand auf!", forderte Nico lachend.

„Der Bauwagen steht mit Getränken gefüllt auf dem Grundstück, die Baugenehmigung ist erteilt, der Bagger für Samstag reserviert."

„Dann kann uns ja nichts mehr aufhalten!" Paul grinste. „Samstag, sieben Uhr auf der Baustelle."

„Was?" Nicos Gesichtszüge entgleisten. „So früh?"

Am Abend lud Paul Ute in ein schickes Restaurant ein, er wollte den Jazzabend wiedergutmachen und das richtige Ambiente schaffen, um ihr von seiner Bauhelfertätigkeit zu erzählen.

Am Eingang kam ihnen just eine gepflegte Frau entgegen, um ihnen die Jacken abzunehmen und eine andere führte sie an ihren reservierten Tisch, der picobello mit einer cremefarbenen Decke, weißem Geschirr, blitzsauberem Besteck, funkelnden Kristallgläsern und frischen Blumen eingedeckt war. Für Ute wohl genau das richtige, freudig lächelnd setzte sie sich auf ihren Stuhl, den er ihr zurechtrückte und er setzte sich ihr gegenüber. Er langte über den Tisch, nahm ihre Hände in seine und streichelte sie. Als die Bedienung kam, bestellte er sogleich zwei Gläser Sekt und als der Vorspeisenteller für zwei serviert wurde, wurde Utes Lächeln immer breiter und ihr Blick immer zärtlicher. Hm, Liebe geht also tatsächlich durch den Magen, dachte Paul. Sie unterhielten sich ausgezeichnet, das Essen war hervorragend, die Stimmung hätte nicht besser sein können.

„Ute, ich möchte dir gerne was sagen." Pauls Wangen färbten sich rot, was ihn noch sympathischer wirken ließ und Ute betrachtete ihn mit großen, erwartungsvollen Augen.

„Ich weiß, wir sind noch nicht so lange zusammen, aber… trotzdem möchte ich dir sagen, dass ich dich schon… sehr gerne mag."

Utes Augen leuchteten und das Kerzenlicht spiegelte sich darin. Eine lange Locke fiel ihr frech ins Gesicht und er strich sie ihr liebevoll zurück, sie sah so wunderschön aus und am liebsten hätte er sie in den Arm genommen und nicht mehr losgelassen.

„Ich mag dich auch sehr, Paul", erwiderte sie mit einem vielversprechenden Lächeln.

Sie nahm ihr Rotweinglas und stieß mit ihm an. „Auf uns!"

„Auf uns!"

Sie nahmen einen Schluck und bestellten noch eine Mousse au Chocolat, verschränkten ihre Finger ineinander und Paul dachte, wie lange er sich nach solcher Nähe gesehnt hatte. Der Augenblick war perfekt und beide fühlten sich schwerelos.

„Ute", begann Paul behutsam, „hör mal, Daniel fängt an zu bauen und schon bevor ich dich kennengelernt habe, hatte ich ihm versprochen zu helfen."

„Kein Problem, Liebling." Es war das erste Mal, dass sie ein Kosewort für ihn gebrauchte, sein Herz machte einen Hüpfer und er beugte sich über den Tisch und küsste sie.

 Samstag, 7.05 Uhr. Nico traf natürlich als letzter ein.

„Gut siehst du aus!", wurde er lachend von Paul und Daniel begrüßt.

Nico trug eine alte Latzhose mit Löchern in den Knien, eine Superman-Schirmmütze und seine alte Hornbrille, die er schon ewig nicht mehr getragen hatte und schief auf seiner Nase saß, den Bügel hatte er mit Heftpflaster angeklebt.

„Siehst du mit dem Ding überhaupt noch was?" Paul hielt sich den Bauch.

„Geht so." Nico ließ sich nicht aus der Fassung bringen. Auch Paul trug eine alte Jeans, alte, schmutzige, feste Boots und ein Sweatshirt mit dem Slogan „Was nicht passt, wird passend gemacht!"

„Auch nicht schlecht!", äußerte sich Nico anerkennend.

Ihre Blicke glitten skeptisch über Daniels Outfit, der, wie immer, gut gekleidet und in Schuhen, die nicht wirklich Baustellengeeignet waren, vor ihnen stand.

„Was denn? Ich hab keine alten Klamotten."

Paul schaute sich um, um vom Thema abzulenken.

„Wow! Tolles Grundstück!"

„Ja, nicht wahr?" Daniels Brust schwoll an vor Stolz.

„Also", Paul rieb sich tatfreudig die Hände, „legen wir los. Sag an, Daniel."

„Als erstes fahren wir in ein Baugeschäft, das gehört einem Freund meines Vaters, der sich bereiterklärt hat, mir seinen Bagger günstig zu leihen. Ich fahr dann mit dem Ding zurück und ihr im Auto hinterher."

„Okay."

Es war nicht weit, vielleicht fünf Minuten Autofahrt, dann parkten sie auf dem eingezäunten Hofgelände. Daniel ging hinein und kam kurz darauf mit einem Mitarbeiter wieder heraus, der ihm den reservierten Bagger zuwies, knapp erklärte und den Schlüssel übergab. Daniel bestieg das Fahrzeug und versuchte, dabei möglichst routiniert auszusehen. Langsam tuckerte er mit dem Gefährt auf die Straße und winkte fröhlich nach hinten, während Paul und Nico im Schneckentempo hinterherfuhren und kurz zurückhupten. Das Radio lief und die ersten Töne von „We Built This City" von Starship erklangen.

Nico drehte die Lautstärke auf, sie sangen lautstark mit, während Paul fleißig im Rhythmus mit den Fingern aufs Lenkrad trommelte. Insgesamt hörte es sich ziemlich schräg an, zumal sie die Textstellen, die sie nicht kannten, durch „lalala" ersetzten.

Es dauerte fünfundzwanzig Minuten, bis sie endlich an die Kreuzung zur Ortseinfahrt kamen, als Daniel unverhofft zum Stehen kam.

„Was macht er denn da?", fragte Paul verwundert. „Er kann doch nicht mitten auf der Kreuzung stehen bleiben. Prompt wurde er durch wütendes Hupen bestätigt. Nico drehte die Musik leiser. „Ich glaub, da stimmt was nicht."

Paul parkte am Straßenrand, sie stiegen aus und liefen hin. „Was ist denn los?"

„Ich weiß auch nicht, das Ding ist kaputt, einfach ausgegangen!" Daniel hatte vor Aufregung lauter rote Flecken im Gesicht. Ratlos standen sie um den Bagger, während schimpfende Autofahrer im Schritttempo und mit heruntergelassener Scheibe an ihnen vorbeifuhren.

„Ähm", Nico kratzte sich am Kopf, „könnte es sein, dass der Tank leer ist?"

Daniel stieg wieder ins Führerhaus. „Woher soll ich das wissen? Moment mal...oh Scheiße, darauf hab ich nicht geachtet! Der Idiot kann mir doch keinen leeren Bagger mitgeben, oder?"

„Pass auf", versuchte Paul ihn zu beruhigen, „ich habe einen Ersatzkanister im Kofferraum. Ich fahr schnell an die Tankstelle.

„Aber ich kann doch so nicht stehen bleiben!"

„Hm", Paul musterte das Monstrum, „wird dir nichts anderes übrig bleiben, das Teil kriegen wir nicht geschoben…" Er drehte sich um und rannte zu seinem Wagen. „Ich beeile mich!", und weg war er. Das tat er tatsächlich, denn nach sage und schreibe bereits fünfzehn Minuten war er wieder da. Nico und Daniel hatten währenddessen den Tankdeckel gesucht und gefunden und schütteten eilig den Inhalt des Kanisters hinein. Schnell hopste Daniel wieder hinauf, drehte den Schlüssel und… tatsächlich, er sprang an. „Nix wie runter von der Kreuzung!"

Nach zehn Minuten hatten sie es geschafft, Daniel fuhr den Bagger aufs Grundstück, Paul parkte das Auto auf der gegenüberliegenden Straßenseite.

„Mein lieber Kokoschinski, bin ich gestresst!" Daniel sprang herunter. „Kommt, auf den Schreck trinken wir jetzt erst mal was!" Er ging voran zum Bauwagen und schloss auf. Nacheinander stiegen sie hinein.

„Hey, nicht schlecht!" Nico setzte sich gleich auf einen der drei alten Stühle. Daniel hatte einen kleinen Kühlschrank hinein gestellt, dem er auch gleich drei Flaschen Bier entnahm und auf den vermoderten Plastiktisch stellte. „Mist! Flaschenöffner vergessen. Hat jemand ein Feuerzeug?"

Paul war der einzige Raucher unter ihnen gewesen, aber seit er dampfte brauchte auch er kein Feuerzeug mehr. „Nee."

Genervt ließ sich Daniel auf den zweiten Stuhl plumpsen. „Und jetzt?"

Paul klopfte ihm auf den Rücken. „Junge, entspann dich!" Er zog sein Portemonnaie aus der Hosentasche und entnahm ihm einen Fünf-Euroschein. Er legte ihn auf den Tisch, faltete ihn einmal in der Mitte zusammen, rollte ihn, knickte ihn dann in der Mitte, schob ihn zwischen Daumen und Zeigefinger mit dem Falz unter den Deckel und zack! Er freute sich über die staunenden Augen und reichte jedem seine geöffnete Flasche. „Na dann, Prost!"

Daniel breitete die Pläne aus. „So, hier müssen wir das Loch für den Keller baggern."

„Aha!" Paul kratzte sich am Kopf.

„Okay, dann sollten wir das Ganze erst mal ausmessen und markieren, oder nicht?"

„Macht man da nicht so ein Schnurgerüst?", fragte Nico nachdenklich.

Daniel zückte sein Handy um zu googeln, wie man ein Schnurgerüst erstellt.

„Zum Erstellen eines Schnurgerüstes benötigt man neben 12 Pflöcken (8x8x100cm - etwas dicker geht auch), 8 Bretter in einer Länge von mindestens 50 cm, eine Wasserwaage, eine Schlauchwaage und ein paar Schrauben. Statt Kanthölzer kann man Rundhölzer verwenden. Wichtig ist, dass diese stark genug sind, um den Zugkräften von Maurerschnur und

Gewichten standzuhalten. Insbesondere bei den Arbeiten mit der Schlauchwaage ist es gut wenn man einen Helfer dabei hat.

Okay, fahren wir in den Baumarkt, das Zeug besorgen."

„Das passt nicht in den PKW", warf Nico ein. Es folgten Schweigen und betretene Gesichter.

„Daniel, ich will dir nicht zu nahe treten, aber das ganze hier, naja, ist noch nicht so gut organisiert... Wie wärs, wenn du erstmal das Material bestellst und liefern lässt, dich informierst, wie was anzugehen ist und dann legen wir los?"

Stille. Irgendwann fragte Daniel: „Und was arbeiten wir dann heute?"

Nico verschränkte die Arme. „Glaub nicht, dass wir heute hier was machen können."

„Und der Bagger?" Daniel wurde immer kleinlauter.

„Den bringen wir jetzt zurück."

„Die Aktion kostet mich dreihundertfünfzig Euro! Paul, zück nochmal dein Scheinchen!" Stöhnend stand Daniel auf und ging erneut zum Kühlschrank.

Am Abend ging Paul mit Ute alleine aus zum Tanzen, schließlich stand der Kurztrip nach Oberstdorf bald an...

Unter der Woche saßen Daniel und Nico abends an Pauls Küchentisch, die Pläne ausgebreitet, das Laptop auf einem vierten Stuhl neben sich stehend, lasen unzählige Artikel und schauten sich bis in die Nacht Videos über Bauarbeiten an. Paul und Nico wurde langsam bewusst, dass das alles nicht so einfach war, doch Daniel blieb weiterhin zuversichtlich, schließlich war die Kalkulation darauf aufgebaut, dass möglichst viel Eigenleistung erbracht wurde. Deshalb ließen sich die beiden auch nichts weiter anmerken, bis auf gelegentliches Räuspern und durch die Haare fahren. Daniel war ihr Freund und sie würden alles tun, um seinen Traum zu verwirklichen.

Am nächsten Samstag war es dann so weit. Es regnete in Strömen und augenrollend wurde registriert, dass Daniel wieder nicht in passender Kleidung erschienen war, sondern weiterhin Wert auf sein Äußeres legte, während Paul und Nico sich Arbeitshandschuhe und Gummistiefel besorgt hatten.

Es war die reinste Schlammschlacht, der Boden war völlig aufgeweicht, was die Arbeit anstrengender machte, als wenn es trocken gewesen wäre. Daniel jedoch war richtig schlimm dran, der Matsch quoll ihm mittlerweile aus den Schuhen und seine Kleidung hatte sich mit Wasser vollgesogen. Aber er beklagte sich nicht, schließlich war er ein ganzer Mann und dazu auch noch der stolze Bauherr!

Sie begannen, das Schnurgerüst zu stellen und eigentlich klappte es ganz gut. Sie maßen, steckten ab, klopften die Pflöcke in die Erde, spannten die Schnüre, hantierten mit der

Wasserwaage, führten heftige Diskussionen und endlich, es begann bereits zu dämmern, hatten sie es geschafft! Sie konnten es selbst fast nicht glauben, als sie vor dem fertigen Schnurgerüst standen, das zwar nicht ganz so perfekt aussah, wie andere, die sie auf Bildern angesehen hatten, aber seinen Zweck erfüllen würde. Begeistert schlugen sie ein.

„So", Paul rieb sich die Hände, „jetzt haben wir uns aber ein Feierabendbier verdient!" Er wollte sich Richtung Bauwagen aufmachen.

„Warte!", hielt Daniel ihn zurück, obwohl es noch immer in Strömen regnete. „Ich hol die Flaschen raus, ich will mir das noch anschauen, bis wir fahren." Er strahlte vor Freude und weg war er. Nico und Paul grinsten sich vielsagend an, da kam Daniel auch schon mit drei bereits geöffneten Flaschen zurück, ja, er hatte einen Flaschenöffner besorgt. Kurz bevor er die beiden erreichte, kam er auf dem matschigen Boden ins Rutschen, hielt reflexartig die Flaschen an sich gedrückt und versank mit seinem Hintern im Schlamm.

„Respekt!", bemerkte Nico trocken. „Keinen Tropfen verschüttet."

Lachend setzten sie sich rechts und links von Daniel auf den Boden, tranken ihr Bier und betrachteten durch den Regenschleier stolz ihre Arbeit.

Es hatte sich eingependelt, dass Ute zu Pauls Wohnung kam, er konnte das Barbie-Haus nicht ertragen. Das sagte er ihr natürlich nicht, er begründete es damit, dass sie früher Feierabend hatte als er.

„Sieh mal, was ich mitgebracht habe!" Freudig breitete Ute eine Million Reiseprospekte vor ihm auf dem Küchentisch aus. Innerlich schlug Paul die Hände über dem Kopf zusammen, lächelte aber tapfer. Er zog sie auf seinen Schoß und zusammen begannen sie, Urlaubspläne zu schmieden.

Kanaren? Jamaika? Kuba? Dominikanische Republik? Oder doch vielleicht Mauritius? Paul schluckte bei den Preisen. Auch noch zwischen Weihnachten und Neujahr, Hauptsaison!

Um einundzwanzig Uhr konnte er ein Gähnen nicht mehr unterdrücken und wenn man erst mal anfängt, kann man bekanntlich nicht mehr aufhören…

Missbilligend zog Ute eine Augenbraue nach oben. „Langweile ich dich?"

„Aber nein, Liebes!" Paul drückte sie fest an sich. „Ich bin einfach nur müde."

„Das kommt von der vielen Arbeit, die du auch noch bei diesem Daniel absolvierst." Mürrisch erhob sie sich.

„Ach komm, sei nicht böse! Können wir nicht einfach ins Bett gehen? Und morgen weiter schauen?"

Ute legte ihren Katzenblick auf und schnurrte: „Bett ist auch keine schlechte Idee…" Verheißungsvoll strich sie mit beiden Händen durch sein Haar, das schon wieder etwas zu lang war. „Ich geh nur schnell duschen, du kannst dich ja schon mal ausziehen."

Als sie im Bad fertig war und hinüber ins Schlafzimmer kam, lag Paul, alle Viere von sich gestreckt, auf dem Bett und schlief tief und fest.

Als Paul am nächsten Morgen erwachte, war Ute nicht mehr da. Er trank einen Kaffee und ging zur Arbeit. Kaum saß er auf seinem Platz, wählte er schlechten Gewissens ihre Telefonnummer.

Sie ließ es lange klingeln, bis sie abnahm, ein Zeichen dafür, dass sie sauer auf ihn war.

„Es tut mir leid!", eröffnete er deshalb sogleich das Gespräch und atmete tief durch. „Hör mal, bitte sei mir nicht böse, ich war so müde gestern. Vorschlag: Ich hole uns heute Abend was beim Chinesen und wir machen unseren Urlaub klar, was hältst du davon? Ich hab mir überlegt, dass ich am liebsten Gran Canaria buchen würde, was meinst du?"

Es folgte eine lange Pause. Nervös trommelte Paul mit den Fingern auf die Schreibtischplatte, während er darauf wartete, dass Ute etwas sagte. Schließlich räusperte sie sich.

„Ich weiß nicht, Paul…"

„Wir können auch gerne beim Italiener bestellen."

Ute kicherte. „So war das nicht gemeint!" Sie holte tief Luft. „Also gut, ich komme heute Abend zu dir, aber wehe du schläfst wieder ein."

Erleichtert atmete Paul auf. „Ich freue mich auf dich, Liebes, bis heute Abend." Schnell legte er auf, bevor sie es sich wieder anders überlegen konnte.

„Was ist los? Stress an der Front?" Unversehens standen Nico und Daniel vor ihm.

Erschrocken schaute Paul auf. „Nein, nein, alles gut."

Daniel und Nico tauschten einen vielsagenden Blick miteinander. Lässig setzte sich Daniel auf Pauls Schreibtischkante.

„Ich wollte dir nur Bescheid sagen, dass unser Skiurlaub fürs kommende Wochenende steht, Abfahrt Samstagmorgen, um halbsieben morgens."

Paul rang sich ein mühsames Lächeln ab. „Oh, toll! Ich freue mich!"


Paul und Ute hatten sich wieder versöhnt. Sie hatten einen schönen Abend verbracht, gemütlich gegessen, sich bei einem Glas Wein die Prospekte angesehen und sich ein Hotel ausgesucht, den Rest des Abends hatten sie kuschelnd verbracht. Am nächsten Tag war Paul gleich nach der Arbeit ins Reisebüro gegangen und hatte gebucht, bevor es sich Ute noch einmal anders überlegen würde und doch für eine Fernreise plädierte. So freute er sich jetzt wahrlich auf die zwei Tage Skiurlaub mit seinen Freunden, vielleicht würde es ihm und Ute ganz guttun, wenn sie sich mal zwei Tage nicht sahen.


Samstagmorgen pünktlich um halbsieben fuhr Daniel mit seinem Kombi vor, Nico saß bereits auf der Rückbank. Paul warf fröhlich seine Reisetasche in den Kofferraum und setzte sich auf den Beifahrersitz. Die Fahrt dauerte ungefähr drei Stunden, während der sie sich mit lauter Musik und fröhlichem Geplauder die Zeit vertrieben, voller Freude auf zwei ausgelassene Tage. Daniel hatte das

Hotel alleine ausgesucht, ohne vorher etwas zu zeigen und so bestaunten sie bei der Ankunft das Nobelhotel, indem sie ihre Nächte verbringen würden.

„Mein lieber Mann, da hast du dich aber nicht lumpen lassen!" Nico klopfte Daniel anerkennend auf die Schulter und Paul strahlte über das ganze Gesicht.

Am Schalter wurde ihnen lediglich ein Schlüssel ausgehändigt. Oh je, dachte Paul, so also hatte Daniel das Geld für das Nobelhotel wieder eingespart. Auf der anderen Seite würden sie in dem Zimmer sowieso nur schlafen und sich nicht weiter darin aufhalten. Hoffentlich war es nicht gar so klein, dass sie regelrecht zusammengepfercht hausen würden.

Ohne was zu sagen, stiegen sie in den Fahrstuhl und fuhren in die zweite Etage. Sie liefern durch den Flur, der mit rotem Teppich ausgelegt war, bis sie ihre Zimmertüre erreichten. Daniel zückte den Schlüssel und öffnete die Tür, stieß sie weit auf und grinste: „Darf ich bitten, meine Herren?" Mit offenen Mündern und großen Augen gingen Paul und Nico hinein und betraten… eine ganze Suite! Der großzügige Eingangsbereich führte in das riesige Wohnzimmer mit großem Balkon, welches mit einer Schiebetür vom Schlafzimmer getrennt war. Hier würden sie sicherlich keine Platzprobleme bekommen! Ausgiebig bestaunten sie das mit Marmor geflieste Luxusbad mit Whirlpool, Doppelwaschbecken und riesiger Dusche.

„Mein Gott, ist das schön!" Ehrfurchtsvoll betrachtete Paul das beeindruckende Bergpanorama, das sich ihm durch die riesigen Fenster darbot und öffnete die Glastür, die auf die Terrasse hinaus führte und mit zwei Liegestühlen und einer Sitzgruppe bestückt war, während Nico die Obstschale auf dem Wohnzimmertisch begutachtete und sich dann für einen Apfel entschied, in den er herzhaft hinein biss.

„Wow, hier steht sogar eine Flasche Champagner!", bemerkte er kauend, nahm die Flasche und beäugte das Etikett. „ Nobel, nobel!" Mit einem lauten Knall entkorkte er sie und füllte die drei bereitstehenden Gläser mit dem schäumenden Blubberwasser.

Schweren Herzens trennte sich Paul von dem berauschenden Anblick der Berge und trat wieder ein, um mit seinen Freunden anzustoßen.

„Prost, Jungs!" Daniel erhob sein Glas. „Auf einen schönen Urlaub, lassen wir es uns gut gehen, wir haben es verdient!"

Leicht beschwipst, weil sie den Champagner auf nüchternen Magen getrunken hatten, begaben sie sich hinunter in den Speisesaal, wo das Frühstücksbuffet keine Wünsche offen ließ und langten ordentlich zu, bis ihnen die Bäuche weh taten.

„Boah", stöhnte Paul, „jetzt kann ich aber nicht gleich Ski fahren, sondern muss erst einmal verdauen. Im Moment kann ich mich keinen Millimeter rühren." Zufrieden legte er beide Hände auf seinen Bauch.

„Okay", lenkte Daniel ein, „gehen wir für eine halbe Stunde auf unser Zimmer und ruhen uns aus, dann machen wir uns gemütlich fertig und ab gehts auf die Piste, ich kanns schon kaum erwarten!"

Stühle rückend erhoben sie sich und begaben sich wieder auf ihre Suite, wo sie sich auf den bequemen Betten langmachten.

„Ich glaube, so eine indirekte Beleuchtung werde ich mir auch machen." Daniel begutachtete auf dem Rücken liegend die Zimmerdecke.

„Daniel, ich weiß ja nicht, was dein Budget hergibt, ich kann dir nur sagen, dass sowas nicht ganz billig ist", warf Paul ein.

„Dadurch, dass wir alles selbst machen, spare ich genug Geld, um mir auch ein wenig Luxus zu gönnen", lächelte Daniel und träumte weiter, während Paul und Nico kurz einnickten.

Wie zu erwarten, war am Wochenende auf der Piste viel los, so standen sie an den Skilifts recht lange an und auch die Abfahrt stellte sich eher als Slalomfahrt heraus. Nachdem sie zum zweiten Mal den Berg herunter gefahren waren, brauchten sie erst einmal eine Verschnaufpause.

„Mein lieber Schwan, ist das anstrengend!"

Noch nicht einmal einen Sitzplatz konnten sie ergattern und mussten mit einem Stehtisch vorlieb nehmen, an dem sie eine Kleinigkeit aßen und etwas tranken.

„Ich hätte nicht gedacht, dass so viel los ist", bemerkte Daniel kauend.

Paul streckte sich. „Oder dass es so anstrengend ist, es ist schon ewig her, dass ich Ski fahren war."

„Ja", grinste Nico, „das ist Training für den Bau, wartet mal ab, bis es ans Mauern geht, dann wisst ihr, was anstrengend ist."

Daniel schluckte. „Hast du sowas schon mal gemacht?"

„Ich habe meiner Schwester und meinem Schwager damals geholfen, als sie gebaut haben. Ich kann euch sagen, das ist eine Knochenarbeit!"

„Okay", Paul stellte sein leeres Glas ab, „auf gehts, lasst uns weiter trainieren."

Sie reihten sich in der langen Schlange zum Lift ein.

Es war jetzt noch mehr los als am Vormittag und so verloren sie sich bei der Abfahrt aus den Augen.

Daniel war gerade richtig schön in Schwung, als die Menschenmasse so dicht wurde, dass er versuchte, seine Geschwindigkeit zu drosseln, was ihm nicht so gut gelang, weil auch er schon lange außer Übung war. Plötzlich standen drei Skifahrer nebeneinander mitten auf der Piste, er versuchte auszuweichen, was zur Folge hatte, dass er eine Skifahrerin rammte, die in langsamerem Tempo vor ihm her fuhr. Alles ging so schnell, dass Daniel nicht mehr reagieren konnte und so überschlugen sich die beiden und rollten noch ein ganzes Stück abwärts. Langsam rappelte er sich auf und klopfte sich notdürftig den Schnee vom Ski Anzug. Dann sah er die Frau, die er versehentlich umgefahren hatte, mit dem Gesicht nach unten im Schnee liegen. Schnell stapfte er zu ihr hinüber, um ihr aufzuhelfen. Er griff ihr unter die Arme und zog sie hoch. Sie sah aus wie ein Schneemann. Hastig rieb sie sich den Schnee aus dem Gesicht und Daniel half ihr, den Schnee abzuklopfen.

„Entschuldigung… es tut mir so leid", stammelte er verlegen. Aber sie lachte und zog ihre Ski-Brille ab und im nächsten Moment schaute Daniel in die schönsten, größten, blauesten Augen, die er je gesehen hatte, sein Herz schlug plötzlich dreimal so schnell.

„Macht doch nichts, ist ja nichts passiert!" Sie bückte sich nach ihren Skistöcken. Daniel stand wie vom Blitz getroffen, starrte sie nur an. Sie hatte kurzes, blondes Haar, das nun in alle Richtungen stand und Daniel fragte sich unwillkürlich, wie sie es normalerweise trug.

„Wie heißt du?", fragte sie lächelnd und kleine Fältchen bildeten sich um ihre Augen. Sie lächelt wohl gerne, dachte Daniel. Sie war einfach umwerfend und so stieß er lediglich seinen Vornamen hervor, zu mehr Kommunikation war er im Moment nicht fähig. Abwartend stand sie vor ihm, als nichts weiter kam lächelte sie ihm noch einmal zu: „ich fahr dann mal weiter! Machs gut", und schon war sie weg. Daniel stand noch eine Weile wie angewurzelt und sah ihr hinterher, dann fragte er sich, was mit ihm los war und ärgerte sich über sich selbst. So blöd hatte er sich ja noch nie angestellt! Bestimmt aber würde er sie heute Abend wieder sehen und sie dann auf einen Drink einladen. Er strich sein Haar zurück, was mit den dicken Handschuhen ein schwieriges Unterfangen war. Er hatte sie noch nicht einmal nach ihrem Namen gefragt. Er begann zu frieren und beschloss, zurück zum Hotel zu gehen. Er betrat die Suite und stellte fest, dass er alleine war. Sollten Nico und Paul sich ruhig austoben. Er ging ins Bad und ließ die Wanne mit heißem Wasser volllaufen, warf seine nasse Kleidung auf den Boden, holte sich aus der Minibar einen Piccolo und legte sich ins heiße Wasser. Er kippte die halbe Flasche des Schaumbads, welches das Hotel zur Verfügung gestellt hatte, dazu, legte sich hinein und trank den Sekt aus der Flasche... und konnte nicht aufhören, an sie zu denken.

Irgendwann hörte er Gepolter aus dem Wohnzimmer, gleich darauf wurde laut sein Name gerufen.

„Ich liege in der Wanne", gab er lautstark Auskunft.

„Wir haben dich überall gesucht!", kam zweistimmig die vorwurfsvolle Antwort.

Seufzend stieg Daniel aus der Wanne und schlang sich das Handtuch um die Hüfte. Ein Blick auf die Uhr sagte ihm, dass er fast zwei Stunden in der Wanne verbracht hatte, er hatte gar nicht bemerkt, wie das Wasser abkühlte. Er öffnete die Tür und betrat das Wohnzimmer, dabei hinterließ er nasse Spuren auf dem Teppichboden.

„Bin ja da!" Geräuschvoll stellte er die leere Flasche auf den Tisch.

„Ist ja gut", versuchte Paul zu beschwichtigen, „wir hatten uns nur Sorgen gemacht, dass du dir vielleicht ein Bein gebrochen hättest."

„Ja", bestätigte Nico, „aber so wie ich das sehe", sein Blick blieb an Daniels Handtuch hängen, „ist ja noch alles dran." Prustend warfen die beiden ihre Jacken über einen Stuhl. Daniel ging zurück ins Badezimmer und schlug die Tür hinter sich zu.

„Was ist dem denn über die Leber gelaufen?" Paul kratzte sich am Kopf.

„Ja", dachte Daniel, „was ist mir eigentlich über die Leber gelaufen?"

Nachdem Nico und Paul geduscht und sich alle drei umgezogen hatten, beschlossen sie, nach unten ins Restaurant zu gehen, wo ein Drei- Gänge-Menü auf sie wartete. Daniel spendierte eine Flasche Wein zum Essen und entschuldigte sich für sein Verhalten vorhin. Er erzählte von seinem Zusammenstoß und beschrieb die junge Frau in allen Einzelheiten.

„Das nennt man Liebe auf den ersten Blick", neckte ihn Paul.

War es das, gab es das überhaupt: Liebe auf den ersten Blick? Daniel beschloss, Pauls Aussage zu ignorieren und hob das Glas, um den anderen zuzuprosten.

„Auf uns, Männer, auf dass es uns nie schlechter gehe. Heute Abend läuft Fußball, wollen wir uns das auf dem Zimmer ansehen? Mir tun so die Knochen weh, dass mir heute nicht mehr nach Party ist. Es sei denn, ihr würdet wollen…"

„Nein, ist schon in Ordnung, uns geht es genauso. Außerdem ist es ein wichtiges Spiel", stimmten Paul und Nico zu.

Sie genossen das Essen und den Wein, Daniel jedoch kam nicht umhin, sich immer wieder umzusehen, ob er die Frau nicht irgendwo entdeckte. Leider ließ sie sich an diesem Abend hier nicht blicken. Er war sich jedoch sicher, Sie morgen auf der Piste wieder zu treffen.

Ein Wochenende ist so schnell vorbei, gerade, wenn man Spaß hat. So neigte sich die schöne Zeit dem Ende. Sie packten ihre Sachen zusammen und Daniel belud traurig seinen Kombi. Er hatte sie nicht mehr wiedergesehen. Hätte er doch wenigstens nach ihrem Namen gefragt…

Es war bereits Sonntagabend als sie zu Hause ankamen. Paul stieg aus Daniels Auto und verabschiedete sich von seinen Freunden, entnahm dem Kofferraum seine Reisetasche und winkte ihnen noch einmal nach. Er war hundemüde und hatte tierischen Muskelkater. Sie waren bis zum Mittag noch ein letztes Mal zum Skifahren gegangen, bevor sie die Heimreise antraten. Er schloss seine Wohnungstür auf und warf seine Reisetasche achtlos auf den Flurboden. Er wollte nur noch ins Bett. Bereits auf dem Weg zum Schlafzimmer schlüpfte er aus seinem Pullover, den er einfach über den Sessel warf und knöpfte seine Jeans auf. Ohne das Licht anzumachen betrat er sein Schlafzimmer und ließ sich aufs Bett fallen.

„Hallo Süßer, da bist ja endlich, ich habe dich so sehr vermisst!", säuselte Ute ihm verführerisch ins Ohr. Paul setzte sich erschrocken auf. Er knipste das Licht an und schaute Ute, die splitterfasernackt in seinem Bett lag, mit aufgerissenen Augen an. Er atmete tief durch, während sich Ute mit ihrem warmen Körper eng an ihn schmiegte. Eigentlich wollte er wirklich nur noch schlafen, aber was sollte er tun…

„Ich habe dich auch vermisst, Liebes." Er nahm sie in den Arm, während sie schon begann, ihn seiner restlichen Kleidungsstücke zu entledigen. Paul stöhnte auf. *Wer kann dazu schon nein sagen,* dachte er, als sie sich auf ihn setzte und küsste.

Danach lag er völlig erschöpft im Bett und hielt Ute im Arm, leider kam nun ihr Mitteilungsdrang durch. Mit halbem Ohr hörte er, dass sie irgendetwas von Weihnachtsfeier erzählte und erweckte zwischendurch mit einem gebrummelten „Hmm" wenigstens den Anschein zuzuhören. Er wusste nicht, wie lange Ute wohl noch ihren Monolog hielt, völlig übergangslos war er in tiefen Schlaf gesunken.

Am nächsten Morgen quälte Paul sich aus dem Bett und ging zur Arbeit, nachdem er mit Ute noch einen Kaffee getrunken hatte. Es fiel ihm schwer, sich auf seine Arbeit zu konzentrieren. Er war müde und der Muskelkater war noch schlimmer als am Vortag. Der Tag lief an ihm vorbei und er war einfach nur froh, als es spät genug war, nach Hause gehen zu können. Daniel und Nico schien es nicht viel besser zu ergehen, den ganzen Tag über hatte er kaum etwas von ihnen gehört. Lediglich in der Mittagspause saßen sie sich anschweigend in der Kantine gegenüber zum Essen. Erleichtert, dass Ute an diesem Abend nicht kommen würde, weil sie beim Yoga war, legte sich Paul einfach nur noch auf die Couch und schaltete das Fernsehgerät ein. Er schaffte es noch nicht einmal zum Spielfilm um viertel nach acht und verbrachte die Nacht auf seinem Sofa.

Für Dienstagabend hatten sich Paul und Ute beim Chinesen verabredet. Sie hatten sich direkt dort getroffen und saßen gemütlich bei einem Glas Wein und bedienten sich immer wieder an dem reichhaltigen Buffet, das keine Wünsche offen ließ. Das Lokal war für sein Buffet bekannt, das aus sage und schreibe vierzig Metern Länge aufgebaut war. Paul ging es wieder etwas besser, er war ausgeschlafen und auch der Muskelschmerz begann nachzulassen. Als sie satt waren, bestellten sie sich noch ein Glas Wein, um den Abend gemütlich ausklingen zu lassen.

„Was wirst du am Freitag anziehen?", fragte Ute unvermittelt.

Paul sah sie fragend an, er wusste nicht wovon sie sprach.

„Jetzt sag bloß, du hast es vergessen?", funkelte sie ihn an.

„Ähm, entschuldige bitte", Paul räusperte sich, „hilfst du mir bitte auf die Sprünge?"

„Mann, ich habe dir doch Sonntagabend erzählt, dass am Freitag unsere Weihnachtsfeier ist! Du hast gesagt, dass du mich begleiten wirst."

„Ah, ja, ich erinnere mich", redete sich Paul heraus, „natürlich gehe ich mit dir hin. Ich wundere mich nur, dass eure Weihnachtsfeier schon im November stattfindet."

„Das habe ich dir auch schon Sonntagabend erklärt", entgegnete Ute säuerlich, „dass die Firma für so viele Leute im Dezember keine entsprechende Räumlichkeit fand. Sag mal, hast du geschlafen, oder was?"

Fangfrage! Paul verschränkte die Arme. „Natürlich nicht!" Er war ein so schlechter Lügner, er fühlte, wie ihm das Blut ins Gesicht schoss.

„Ja, ich weiß noch nicht. Was ziehst du denn an?", versuchte er abzulenken.

Ute kniff die Augen zusammen, was ihr gar nicht gut stand. „Ein Abendkleid selbstverständlich, es wäre also schön, wenn du im Anzug kämest."

„So, ja, natürlich!" Er langte über den Tisch, um ihre Hand zu streicheln, doch sie zog sie weg und legte sie auf ihren Schoß. Wenn sie jetzt auch noch wüsste, dass ich gar keinen Anzug habe, dachte Paul verlegen.


„Hey, Daniel, du hast doch in etwa die gleiche Größe wie ich. Hast du vielleicht einen Anzug, den du mir borgen kannst?"

„Was ist denn das für ein Überfall am frühen Morgen?", lachte Daniel.

„Utes Firma feiert am Freitag ihre Weihnachtsfeier und sie will unbedingt, dass ich im Anzug..." Paul verzog leidend das Gesicht.

„Wie, schon im November?"

„Ja, ich habe mich auch gewundert. Aber im Dezember haben sie keinen Platz bekommen. Also, hast du?"

„Ja, schon, den borge ich dir auch gerne, aber…"

„Was, aber?", fragte Paul ungeduldig.

„Naja, du müsstest ihn erst noch reinigen lassen. Das letzte Mal, nachdem ich ihn getragen hatte, habe ich ihn einfach in den Schrank gehängt, weil ich dachte, dass ich ihn so schnell nicht mehr brauche. Aber ich hatte etwas Rotwein darüber geschüttet. Heute ist schon Mittwoch, das wird knapp."

„Ach was, das wird schon reichen. Ich komme heute Abend bei dir vorbei und hole ihn ab. Ich habe keine Lust, auch noch shoppen zu gehen."

Wie besprochen holte er am Abend den Anzug bei Daniel ab und wie Paul sich schon dachte, war dieser natürlich nur vom Feinsten. Er schnappte das schöne Stück, bedankte sich und verabschiedete sich gleich.

„Ich bring ihn gleich zur Reinigung, bevor sie zu macht", erklärte er und schon war er weg. Daniel sah ihm kopfschüttelnd nach. Paul warf den Anzug achtlos auf den Beifahrersitz. Was machte es schon aus, wenn er nun auch noch zerknitterte, er brachte ihn eh zur Reinigung. Er fuhr los in die Innenstadt, erwischte die rote Welle und natürlich, wie könnte es auch anders sein, bekam er keinen Parkplatz und musste dreimal um den Block fahren. Als er es endlich geschafft hatte, seinen Wagen in eine Parklücke zu manövrieren, schnappte er den Anzug und rannte los in Richtung Reinigung. In der Eile hatte er noch nicht einmal sein Auto abgeschlossen. Endlich hatte er den Eingang erreicht, drückte die Klinke und... So ein Mist! Sie hatten schon geschlossen! Nun würde ihm wohl nichts anderes übrig bleiben, als am nächsten Tag noch einmal hinzufahren.

„Oh verdammt", murmelte Paul ärgerlich, als ihn das Schild mit den Öffnungszeiten darauf hinwies, dass das Geschäft erst um 9:00 Uhr öffnete. Das würde ihm nicht reichen, da er um 8:00 Uhr an seinem Arbeitsplatz antreten musste. Das hieß, dass er morgen seine Mittagspause opfern musste. Langsam, mit hängenden Schultern und dem Anzug unordentlich über dem Arm drapiert ging er zurück zu seinem Auto und fuhr nach Hause.

Am nächsten Tag rannte er also um 12:00 Uhr zu seinem Auto und fuhr in die Stadt zur Reinigung. Den Anzug hatte er einfach seit gestern im Auto liegen lassen, er hatte keinen Sinn darin gesehen, ihn mit hoch in die Wohnung zu nehmen. Er betrat den Laden und warf den Anzug auf die Theke.

„Hier, der muss gereinigt werden, da sind Rotweinflecken drauf."

„Und völlig zerknittert ist er auch noch!", bemerkte die junge, Kaugummi kauende Verkäuferin frech. Verärgert zog

Paul die Augenbrauen zusammen. Sie drehte den Anzug hin und her, um sich die Flecken zu betrachten.

„Das wird nicht einfach. Aber bis Montag müssten wir das schaffen."

„Das geht nicht!", rief Paul empört und lauter als nötig gewesen wäre, „ich brauche ihn unbedingt morgen!"

„Das können Sie vergessen! Wie gesagt, am Montag können Sie ihn holen." Sie beendete das Gespräch, in dem sie den Anzug schnappte und durch die Tür hinter der Theke nach hinten ging. Verblüfft sah Paul ihr nach. Dann hieb er mit der Faust auf die Theke und lief ihr entschlossen nach.

„Hey, hier hinten haben sie nichts zu suchen!"

„Das ist mir sowas von egal! Geben Sie den Anzug wieder her, ich nehme ihn wieder mit!"

Wortlos streckte sie den Arm aus und hielt ihm den Anzug hin. Er schnappte er ihn und lief wütend zurück zu seinem Auto. Er warf einen Blick auf seine Armbanduhr, um noch in einen Laden wegen eines neuen Anzugs zu gehen, reichte ihm die Zeit nicht mehr. Egal, dachte Paul, dann würde er heute Abend zu Hause die Flecken selber auswaschen und den Anzug aufbügeln. Genau, so würde er es machen, das wäre doch gelacht!

Ganz so einfach war es dann doch nicht, denn als Paul am Abend nach Hause kam, wartete Ute bereits auf ihn. Natürlich wollte er ihr von dem Anzugproblem nichts erzählen und so bestellten sie Pizza und machten sich einen gemütlichen Abend. Nicht schlimm, dachte er, die Weihnachtsfeier morgen begann erst um 20:00 Uhr und so würde ihm noch genügend Zeit bleiben.

Freitag machte Paul pünktlich Feierabend, fuhr seinen PC herunter und winkte Daniel und Nico zu.

„Warte mal kurz", bat Daniel, „ich wollte noch kurz besprechen, wegen morgen, wenn wir an die Bodenplatte gehen."

„Keine Zeit!", rief Paul nur zurück und flitzte davon.

Kurz nach achtzehn Uhr war es, als Paul eilig seine Wohnung betrat. Er nahm den Anzug und ging damit ins Badezimmer, wo er ihn auf der Waschmaschine ausbreitete. Suchend schaute er sich um und fand schließlich ein Stückchen Gallseife. Er feuchtete die Flecken an, hielt die Seife kurz unters Wasser und rieb die Flecken damit ein, dann nahm er einen feuchten Lappen und wischte vorsichtig daran. Nun, es hatte sich nichts getan. Er nahm die Gallseife noch einmal zur Hand und drückte nun grob damit am Anzug herum. So ein Mist! Der nasse Fleck breitete sich immer weiter aus, doch die Weinflecken ließen sich auf diese Art nicht entfernen. Hektisch öffnete er nacheinander seine Badschränke und fand schließlich eine Flasche Chlorreiniger. Die hatte er einmal von seiner Mutter bekommen mit den Worten: „damit kriegt man alles sauber!" Er nahm seinen feuchten Lappen und gab etwas von dem Zeug darauf, dann begann er hektisch damit, die Flecken zu bearbeiten. Ach du Sch... Was war denn jetzt los? Da, wo er den Anzug berührt hatte, wurde der Stoff nun heller. Daniel würde ihn umbringen, diesen Anzug hatte er nun gründlich ruiniert. Und Ute würde ihn auch umbringen, schließlich hatte er versprochen, einen Anzug zu tragen. War das dann ein Doppelmord? Paul hatte Schweißperlen auf der Stirn, die er sich mit dem Handrücken abwischte, dachte dabei aber nicht daran, dass er von diesem scharfen Zeug auf den Fingern hatte und prompt begannen seine Augen zu Tränen. Er warf einen Blick auf die Uhr, es war kurz vor sieben Uhr. Er Ute versprochen, sie um halb acht abzuholen. Er schnappte den Föhn, den Ute bei ihm deponiert hatte, und begann, den Riesenfleck zu trocknen. Auch das dauerte länger als gedacht. Dann duschte er im Eiltempo und schlüpfte in den Anzug, leicht feucht war der Fleck immer noch, er konnte es sogar durch sein Hemd spüren und den scharfen Geruch von diesem Zeugs da würde er wohl auch nicht mehr loswerden. Hektisch band er sich eine Krawatte um, sprühte mehr als sonst Eau de Toilette auf und rannte los. Er schaffte es gerade noch pünktlich, vor Utes Haustür zu parken. Sie stand schon auf dem Gehsteig und wartete auf ihn. Er wollte aussteigen, um ihr die Tür zu öffnen, doch sie war schneller und setzte sich neben ihn auf den Beifahrersitz.

„Super, perfektes Timing", begrüßte sie ihn lächelnd und drückte ihm einen Kuss auf die Wange und rümpfte leicht die Nase, sagte aber nichts. Ein Glück war der Fleck auf der anderen Seite, sodass sie ihn nicht sehen konnte. Paul hoffte, er wäre bestimmt ganz getrocknet, bis sie ankamen. Die Feier fand im Parkhotel statt, das in der Innenstadt lag. Er hoffte auf eine rote Welle, damit er erst einmal etwas herunterkommen konnte. Doch das Glück war nicht auf seiner Seite, innerhalb 14 Minuten erreichten sie ihr Ziel und zu allem Elend fand er sogar auf Anhieb einen Parkplatz. Auf seiner linken Seite spürte er immer noch den feuchten Fleck…

Er beeilte sich auszusteigen, ging schnell um den Wagen herum und öffnete Ute die Tür. Elegant stieg sie aus und schnell legte er seinen rechten Arm um ihre Taille, sodass sie auf der „richtigen" Seite ging. Sie betraten den Eingangsbereich des Parkhotels und Paul kniff kurz seine Augen zusammen, weil ihn das Licht blendete, draußen war es schon dunkel gewesen. Ute wand sich aus seinem Arm und als er seine Augen wieder öffnete, stand sie dicht vor ihm. Ihrem strengen Blick entging nichts.

„Sag mal, deine Krawatte sitzt ja ganz schief", und schon nestelte sie daran herum. Paul hielt die Luft an. Als sie die Krawatte zu ihrer Zufriedenheit gerichtet hatte, ging es weiter: „dein Anzug ist ja völlig zerknittert! Wie läufst du denn herum?!"

Mit zusammengezogenen Augenbrauen lief sie um ihn herum, als sie den Fleck sah, blieb sie stehen.

„Das darf doch nicht wahr sein!" Entgeistert stampfte sie mit dem Fuß auf, das Geräusch, das ihre High Heels verursachten, hallte durch den gefliesten Raum und ein paar Leute blieben stehen und schauten sich nach ihnen um. Paul wurde feuerrot vor Verlegenheit.

„Entschuldigung...", stammelte er, zu weiteren Erklärungen kam er nicht.

„Wie kannst du mich so blamieren!", keifte sie böse, machte auf dem Absatz kehrt und stapfte davon. Wie ein geprügelter Hund trottete er langsam hinterher. So liefen sie in fünf Metern Abstand in die große, feierlich geschmückte Räumlichkeit, die bereits mit etlichen Menschen gefüllt war, die sich in Gruppen unterhielten. Sogleich kam ein Kellner mit einem Silbertablett herbeigeeilt und bot ihnen ein Glas Champagner an. Ute nahm dankend eines und trank sofort einen Schluck. Als Paul sich ein Glas vom Tablett nahm, musterte der Kellner ihn von oben bis unten mit missbilligendem Blick. Peinlich berührt stürzte Paul gleich ein halbes Glas herunter. Ute beachtete ihn nicht, geschweige denn, dass sie mit ihm angestoßen hätte. Sie entdeckte eine kleine Gruppe, der sie kurz zuwinkte und dann anpeilte. Paul folgte ihr unauffällig und mit gesenktem Kopf.

„Hallo, ihr Lieben", säuselte Ute und stellte sich dazu, Paul blieb unbeholfen hinter ihr stehen, die Hände in den Hosentaschen. Sie begann sich blendend zu unterhalten, ohne Paul weiter zu beachten oder ihn gar vorzustellen. Er wusste gar nicht, wo er hinschauen sollte, bis ihn die junge Frau ansprach, die dabeistand.

„Hallo, wer bist du denn, dich kenne ich noch gar nicht." Freundlich reichte sie ihm die Hand, die er dankbar ergriff.

„Hallo, ich bin Paul." Er traute sich nicht, sich als Utes Freund vorzustellen.

„Ich bin Linda", stellte sie sich vor, „und das da", sie deutete auf den gut aussehenden Mann, an dessen Arm sie eingehängt war, „ist Erik, mein Freund."

„Hallo Erik, schön dich kennen zu lernen." Die Männer schüttelten sich die Hände. Erik war eine sehr gepflegte Erscheinung, registrierte Paul missmutig. Auch der andere Mann, der noch dabei stand und mit dem Ute sich angeregt unterhielt, war sehr gut aussehend und tadellos gekleidet. Paul kam schon wieder ins Schwitzen. Insgeheim überlegte er schon, wie er diese Misere bei Ute wieder gutmachen konnte. Als Ute kurz Luft holte, nutzte der Typ die Gelegenheit, zu ihm herüber zu schauen und tat einen Schritt auf ihn zu.

„Hi, ich bin Bastian. Ich bin ganz neu in der Truppe, habe Montag erst in der Firma angefangen und dich kenne ich noch gar nicht…"

Paul erwiderte den festen Händedruck und sah sich nun gezwungen, sich jetzt doch als Utes Begleitung vorzustellen. Ute verzog das Gesicht und Paul hoffte, dass nur er es bemerkte. Aber Linda hatte es wohl auch gesehen, denn plötzlich plapperte sie munter drauflos und verwickelte Paul in ein Gespräch, worüber er sehr froh war. Der Kellner mit dem Silbertablett und neuen, gefüllten Gläsern kam vorbei. Paul stellte sein leeres Glas aufs Tablett und nahm sich zwei neue, wovon er eines Linda reichte. Eriks Glas war noch halb voll. Sie stießen auf einen schönen Abend an und Paul begann, sich zu entspannen. Er unterhielt sich sehr gut mit den beiden und lachte, während er aus dem Augenwinkel immer wieder zu Ute hinüberschielte. Er bemerkte, dass Bastian immer wieder versuchte, sich dem lustigen Trio anzuschließen, doch Ute schaffte es immer wieder, ihn so ins Gespräch zu verwickeln, dass er hätte unhöflich sein müssen, um sich auch den anderen zuzuwenden. Selbst zum Essen lotste Ute Bastian auf den Stuhl neben sich, bevor Paul sich setzen konnte und so blieb ihm nichts weiter übrig, als sich neben Bastian zu setzen. Linda platzierte sich zwischen ihm und Erik. Paul war nun richtig sauer, so sauer, dass er beschloss, Ute den Rest des Abends ebenfalls nicht mehr zu beachten, sondern sich mit Linda und Erik zu amüsieren. Er fand auch Bastian sehr sympathisch, hatte aber kaum Gelegenheit, sich mit ihm zu unterhalten, weil Ute sich alle Mühe gab, ihn völlig in Beschlag zu nehmen. Was sollte das? Wollte sie ihn eifersüchtig machen? Paul hasste solche Spielchen, das war ja wie im Kindergarten! Natürlich fiel den anderen Utes schlechtes Benehmen auch unangenehm auf, aber sie versuchten, sich nichts anmerken zu lassen und Paul mit Gesprächen abzulenken, was er sich nur zu gerne gefallen ließ. Wäre die Aktion Anzug nicht so völlig danebengegangen und hätte Ute nicht so sauer reagiert, wäre es ein perfekter Abend gewesen.

Nach dem Essen erhob sich Linda. „Ich bin mal kurz draußen." Sie hatte sich schon abgewandt, als Paul fragte: „Gehst du rauchen?" Sie nickte.

„Ich komme mit." Er schaute kurz zu Ute rüber, aber weder reagierte sie, noch sagte sie etwas.

Draußen vor dem Eingang setzten sie sich auf einen Mauervorsprung und atmeten die frische Luft ein. Linda griff in ihre Tasche und entnahm ihr Zigaretten und Feuerzeug, während Paul seinen Dampfer aus der Sakkotasche zog.

„Was ist das denn?", fragte Linda und machte große Augen.

„Ach, das ist eine Elektro-Zigarette, das Zigarettenrauchen habe ich schon vor längerer Zeit eingestellt, meiner Gesundheit zuliebe."

Linda war sehr interessiert und Paul erklärte ihr geduldig das Gerät, bis sie fragte, ob sie mal probieren dürfe.

„Gerne."

Linda war völlig begeistert und überlegte, ob es ihr mit einem solchen Ersatz nicht auch gelingen könnte, von den Zigaretten wegzukommen. Paul erklärte ihr, dass es eine Vielzahl verschiedener Geräte gab, seines lag ihr etwas zu schwer in der Hand.

„Oh, könntest du mir bei der Auswahl helfen, ich kenne mich ja jetzt gar nicht aus", bat sie ihn und Paul sagte ihr gerne seine Hilfe zu.

„Hast du was zu schreiben in deiner Tasche?"

Tatsächlich zauberte Linda einen kleinen Notizblock und einen Kugelschreiber hervor und reichte es ihm. Er schrieb ihr seine E-Mail-Adresse auf. „Hier, so kannst du mich kontaktieren und ich kann dir entsprechende Links schicken."

Linda bedankte sich und sie kehrten zurück zu den anderen.

Sanft umfasste Paul von hinten Utes Schulter. „Wollen wir dann gehen?", fragte er leise. Sie saß wie erstarrt unter seinem Griff, dann wandte sie ihm ihr Gesicht zu. „Fahr du ruhig, ich bleibe noch. Ich nehme dann später ein Taxi." Sie bedachte ihn mit einem boshaften Lächeln, führte dann ihr Gespräch mit Bastian weiter, dem all das sichtlich unangenehm war und würdigte Paul keines Blickes mehr.

Paul schluckte, verabschiedete sich höflich bei den anderen und fuhr dann nach Hause.

In dieser Nacht machte Paul kein Auge zu. Er lag in seinem Bett im Schein seiner Nachttischlampe und starrte an die Decke. Er ließ gedanklich die ganze Beziehung mit Ute von vorne bis hinten Revue passieren. Verschiedene Situationen, in denen sie ihn vor den Kopf gestoßen hatte, stimmten ihn nachdenklich, nach und nach wurde er sich aller Fehler bewusst, die er gemacht hatte. Und dann fielen ihm all die schönen Momente wieder ein, die er mit ihr erlebt hatte und diese Momente waren es, die letztlich alles überwogen und Paul beschloss, um die Beziehung zu kämpfen.

Das erste, was Paul am nächsten Morgen tat, war Utes Telefonnummer zu wählen, aber sie nahm nicht ab. Er musste unbedingt mit ihr reden, wollte sie zum Abendessen einladen und sich für sein Fehlverhalten entschuldigen. Wenn er sich besserte, würden sie es schaffen! Bestimmt war es gestern spät geworden und sie schlief noch. Also fuhr er wie abgemacht zur Baustelle, sie wollten heute das Eisen für die Bodenplatte legen. Obwohl er kaum geschlafen hatte, war er, dank seiner guten Vorsätze, guter Dinge und stieg pfeifend aus seinem Auto. Daniel und Nico waren noch nicht da. Er ging hinüber zu dem Stapel Eisenmatten und versuchte, eine anzuheben. Er hätte nicht gedacht, dass die Dinger so schwer wären, das würde eine richtige Knochenarbeit werden. Erneut zog er sein Handy aus der Hosentasche und versuchte erfolglos, Ute zu erreichen, als Daniel und Nico zeitgleich angefahren kamen. Jetzt galt es, in die Hände zu spucken.

Gegen Mittag bestellte Daniel telefonisch eine Familienpizza. Sie setzten sich zum Essen in den alten

Bauwagen und tranken dazu jeder ein Bier, welches sie mit dem mittlerweile vorhandenen Flaschenöffner geöffnet hatten.

„Sag mal, stimmt was nicht mit Ute und dir?", fragte Daniel direkt.

„Wie kommst du darauf?", wollte Paul kauend wissen.

„Na hör mal", warf Nico ein, „du hast in den paar Stunden bestimmt zehn Mal das Handy in der Hand gehabt, draufgeschaut und wieder weggesteckt."

Paul kratzte sich verlegen am Kopf, bevor er sich dazu entschied, seinen Freunden alles zu erzählen. Als er fertig war, entstand eine kurze Pause, während der sich jeder noch ein Stück Pizza nahm. Nach kurzem Überlegen räusperte sich Nico. „Naja, ich will dir ja nicht zu nahe treten, aber bist du dir sicher, dass ihr wirklich zueinander passt?"

Paul nahm einen Schluck aus seiner Flasche.

„Versteht doch, ich mag sie wirklich sehr gerne und ich will versuchen, meine Fehler wieder gutzumachen."

„Und was ist mit ihren Fehlern?", schaltete sich Daniel wieder ein. „Ist auch sie dazu bereit, an sich zu arbeiten?"

„Ich bin derjenige, der Fehler gemacht hat." Paul stand auf. „Lasst uns weiter arbeiten, sonst werden wir nie fertig."

Nico und Daniel war klar, dass für Paul hiermit das Thema beendet war und erhoben sich ebenfalls von ihren Stühlen, wobei sie einen vielsagenden Blick miteinander tauschten.

Beschwichtigend klopfte Daniel Pauls Schulter. „Hauptsache, ich krieg meinen Anzug sauber zurück."

Das ganze Wochenende über versuchte Paul Ute zu erreichen, doch sie ging nicht ans Telefon. Viermal war er zu ihrer Wohnung gefahren und hatte geklingelt, aber sie war nie zu Hause. Den letzten, erfolglosen Anrufversuch startete er am Sonntagabend, zwölf Minuten nach dreiundzwanzig Uhr, dann gab er auf. Er setzte sich an seinen Küchentisch und klappte sein Laptop auf, um seine E-Mails zu checken. Zwischen der vielen Werbung entdeckte Paul eine Nachricht von Linda mit dem Betreff „Dampfer" und klickte auf „Öffnen".

*Hallo, Paul!*

*Vielen Dank dafür, dass du dich dazu bereit erklärt hast mir dabei zu helfen, endlich von den elenden Zigaretten loszukommen und mir beratend zur Seite zu stehen. Ich kann es selbst nicht glauben, aber ich habe mich wirklich dazu entschlossen, dein Angebot anzunehmen. Ich habe vorweg schon gegoogelt, tatsächlich gibt es da unzählige Geräte und ich schaffe es nicht, mich durch den Dschungel zu kämpfen und zu entscheiden, welches Gerät das richtige für mich ist. Ich bin also wirklich auf deine Hilfe angewiesen!*

*Liebe Grüße, Linda.*

Gut, dachte Paul, so hatte er wenigstens etwas anderes, worauf er sich konzentrieren konnte, anstatt die ganze Zeit an Ute zu denken. Er schickte Linda einige Links von Geräten, von denen er dachte, dass sie für sie geeignet wären, schrieb dann aber dazu, dass es wohl das Beste wäre, wenn sie selbst die Geräte in die Hand nehmen könnte, um zu entscheiden, welches ihr am besten lag. Er bot ihr an, am nächsten Abend nach der Arbeit mit ihr in einen entsprechenden Laden zu fahren. Linda nahm das Angebot dankbar an und sie kamen überein, dass Paul sie morgen um achtzehn Uhr abholen würde. Linda nannte ihm ihre Adresse und bedankte sich vielmals.

Paul klappte seinen Laptop zu und ging zu Bett. Morgen würde er versuchen, Ute an ihrem Arbeitsplatz zu erreichen, da musste sie schließlich ans Telefon gehen. Hellwach starrte er an die Decke. Wenn er sie überreden konnte, sich mit ihm zu treffen, musste er die Verabredung mit Linda verschieben, aber das würde sie sicher verstehen. Er ärgerte sich über Utes Verhalten, ärgerte sich über die Fehler, die er gemacht hatte, sehnte sich nach Harmonie. Paul konnte in dieser Nacht nicht schlafen, wälzte sich nur unruhig im Bett, bis es endlich wieder Zeit war, aufzustehen. Er duschte, machte sich fertig und fuhr zur Arbeit. Eine halbe Stunde vor Arbeitsbeginn traf er ein, setzte sich an seinen Schreibtisch, fuhr seinen PC hoch und starrte das Telefon an. Es war noch zu früh, Ute würde noch nicht an ihrem Arbeitsplatz sein. Er beantwortete die geschäftlichen E-Mails, checkte dann seine privaten. Da, Linda hatte heute Morgen schon eine geschrieben: *Guten Morgen Paul, ich freu mich schon auf heut Abend! Danke nochmal! Liebe Grüße, Linda.*

Paul fuhr sich durchs Haar. Sie würde doch nicht böse sein, wenn er das Treffen verschieben würde?! Nein, dachte Paul, sie schien nicht ein solcher Heißsporn wie Ute zu sein, sondern hatte eher einen ruhigen Eindruck auf ihn gemacht. Neuer Blick auf die Uhr, Paul wählte Utes Nummer. Tatsächlich, gleich nach dem ersten Freizeichen meldete sie sich.

„Hallo Ute, ich bin es, Paul."

Ute unterbrach ihn: „Hör mal, Paul, ich hab jetzt überhaupt keine Zeit, ich hab hier jede Menge Arbeit liegen!" Tuut, tuut… Sie hatte einfach aufgelegt und Paul starrte verblüfft den Hörer an. Er drückte ab und legte den Hörer langsam zurück, saß so eine Weile, dann stand er auf und ging Richtung Küche. In seinem Kopf drehten sich die Gedanken wie ein Karussell, er wusste nicht was er davon halten sollte, wie er ihr Verhalten einschätzen sollte. In der Küche stützte er die Hände auf die Arbeitsplatte. Nach einer Weile schüttelte er sich und dachte, dass es keinen Sinn machte, den Kopf in den Sand zu stecken.

Mist! Es war noch kein Kaffee gekocht, er war so früh gekommen. Also stellte Paul den Kaffee selbst auf, die Kollegen würden sich freuen, wenn sie kamen. Die Maschine begann zu zischen, der Duft nach frischem Kaffee ließ ihn etwas zur Ruhe kommen.

„Einen wunderschönen guten Morgen!" Daniel kam zur Tür herein. „Bist heute aber früh aus dem Bett gefallen."

„Ja… äh… Schlecht geschlafen."

Daniel klopfte ihm auf die Schulter. „Kriegst heute eine Tasse Kaffee mehr." Lachend holte er sich eine Tasse aus dem Schrank, als Nico hereinkam, dessen gute Laune auch nicht zu übersehen war, man hatte ihn schon auf dem Gang vor sich hin pfeifend kommen hören. Viel zu laut für Pauls Geschmack wünschte er einen guten Morgen, schnappte sich Daniels Tasse, der sich kopfschüttelnd eine neue holte. Zu dritt standen sie um die Maschine und warteten darauf, dass das schwarze Gebräu fertig würde.

„Wie guckst du denn aus der Wäsche, Paul?", fragte Nico nun auch noch. Paul fuhr sich gereizt mit den Fingern durch die Haare: „Schlecht geschlafen, Problem?" Nico und Daniel betrachteten ihn erstaunt.

„Was ist los?", fragten sie auch prompt.

Mist! Jetzt auch noch ein Verhör, darauf hatte Paul nun wirklich keine Lust. „Reicht das nicht, schlecht geschlafen zu haben? Ich brauch einfach nur einen Kaffee, dann wirds schon wieder."

So, das war doch nun offensichtlich genug, dass er nicht reden wollte. Aber nein, sie gaben sich nicht zufrieden und bohrten weiter. „Ist es wegen Ute?" Peng! Nagel auf den Kopf getroffen!

Wenigstens war der Kaffee fertig und Paul nahm die Kanne in die Hand und schenkte die drei Tassen voll, dann setzten sie sich an den kleinen Tisch, auf dem Zucker und Milch standen und eine Zeitung von letzter Woche lag und Paul brachte die beiden notgedrungen auf den neuen Stand.

Daniel räusperte sich: „Also, ich will dir ja nicht zu nahe treten…"

„Dann lass es!" Paul konnte diesen Satz schon nicht mehr hören, nahm einen Schluck aus seiner Tasse und stellte sie dann so hart auf den Tisch zurück, dass etwas Kaffee überschwappte. Er stand auf, um an der Spüle einen Lappen zu holen.

„Hör mal", versuchte Nico nun sein Glück, während Paul den Fleck wegwischte, „lass ihr vielleicht besser etwas Zeit. Wenn du jetzt dauernd versuchst mit ihr zu reden, wird sie wahrscheinlich nur noch zickiger. Lass uns doch heute Abend zusammen ein Bierchen trinken gehen."

Paul warf den Lappen zurück in die Spüle. „Das geht nicht, ich fahre heute Abend mit Linda in den Dampfershop."

„Wer ist Linda?", wollten sie nun gleichzeitig wissen.

Paul setzte sich wieder hin und legte seine Hände um die Kaffeetasse, dann erzählte er, wie er Linda kennengelernt hatte und mit ihr ins Gespräch gekommen war.

„Wie sieht sie denn aus?" Nahm denn die Fragerei gar kein Ende? Klar, dass sie das zuallererst fragten! Selbst Paul musste nun lachen. Er schaute zum Fenster hinaus und versuchte, sich das Gesicht in Erinnerung zu rufen.

„Naja, eigentlich schon hübsch. Sie hat zwei Grübchen, eine süße kleine Nase, volle Lippen, lange, braune Locken…"

„Aaaaah…", riefen Nico und Daniel nun, „sie gefällt dir also?"

Paul wurde rot. „Nein, doch nicht so, ich bin mit Ute zusammen, ich meine, sie ist sehr nett, klar, sie ist auch hübsch…"

„Du gerätst ja regelrecht ins Stottern mein Freund", stellte Nico nun trocken fest und Daniel hockte grinsend daneben.

Paul erhob sich, ging zur Spüle und ließ Wasser in seine Tasse laufen. „Zeit, dass wir an die Arbeit gehen!" Er verließ die Küche.

So ganz konnte Paul es doch noch nicht lassen, in der Mittagspause wählte er erneut Utes Nummer. Kaum, dass er sich gemeldet hatte, legte sie einfach auf, sie machte sich noch nicht einmal mehr die Mühe einer Erklärung. Er konnte sich kaum noch wundern, hatte sie ja schon öfter gezeigt, dass sie stur sein konnte und stets sehr emotional reagierte. Die verschiedensten Situationen liefen wie ein Film vor seinem geistigen Auge ab, zum Beispiel wie sie im Lemmons Pub waren und sie sich dort benommen hatte. Ihr Verhalten hatte ihn irritiert, trotzdem war er ruhig geblieben und es wäre ihm im Traum nicht eingefallen, ihr irgendwelche Vorwürfe zu machen. Vorwürfe, und wieder fuhr sich Paul mit den Fingern durchs Haar, nachdenklich diesmal. Ja, Vorwürfe hatte sie ihm mehr als genug gemacht. Waren wirklich nur er und seine Fehler schuld daran, dass sie nun diese Krise hatten? Oder passten sie vielleicht wirklich einfach nicht zusammen?

Nach Feierabend versuchte er es an diesem Tag zum letzten Mal, Ute auf ihrem Handy zu erreichen, aber auch diesmal sprang nur die Mailbox an. Paul entschied sich dafür, eine Nachricht zu hinterlassen und sprach mit unsicherer Stimme: „Hallo, Ute, ich bins nochmal, Paul. Ähm… Lass uns doch bitte nochmal über alles reden, vielleicht bei einem schönen Abendessen? Ruf mich doch bitte zurück."

Mehr fiel ihm nicht ein, er legte auf und drehte den Zündschlüssel seines Wagens. Er fuhr zu der Adresse, die Linda ihm genannt hatte, um sie abzuholen. Sein Navigationssystem führte ihn raus aus dem Grau der Stadt in ein benachbartes Dorf. Aha, dachte Paul, Linda ist also ein Landmensch, ja, das passte zu ihr, zu ihrem Wesen.

Die Gegend war ganz schön, ländlich eben, die Bäume kahl, jetzt im Winter, aber er konnte sich gut vorstellen, wie im Frühjahr alles wieder grün wäre. Er fuhr in eine ruhige Nebenstraße, auch diese war von Bäumen gesäumt und fand einen Parkplatz direkt vor dem Haus. Mitten auf der Straße kickten drei kleine Jungs einen Ball hin und her. Paul stieg aus und lief zum Eingang, an dem sich nur zwei Klingeln befanden. Kleine Wohneinheit, dachte Paul noch so, verglichen mit den Wohnblöcken in der Stadt. Sein Blick huschte zwischen den beiden Klingelknöpfen hin und her und ärgerte sich mal wieder über sich selbst, dass er in der Nacht nicht nach ihrem Nachnamen gefragt hatte. Es blieb ihm nichts anderes übrig, als auf gut Glück einfach einen zu drücken, was er dann auch tat. Sogleich ertönte auch ein Summen, worauf Paul den großzügigen Eingangsbereich betrat, in dem sogar zwei Fahrräder standen, ohne die Durchgänge zu versperren. Eine Treppe führte nach unten, wohl in den Keller, und eine nach oben. Da öffnete sich auch schon die Tür im Erdgeschoss und vor ihm stand... Erik! Oh, dachte Paul, die wohnen ja schon zusammen. Er hatte das Gefühl, er müsse sich rechtfertigen: „Ist Linda da?", fragte er deshalb, „ich habe ihr versprochen sie abzuholen und mit ihr in den Dampferladen zu fahren, weil sie mit dem Rauchen aufhören will..." Nervös fuhr er sich mit den Fingern durch s Haar und fragte sich besorgt, ob er sich gerade um Kopf und Kragen redete.

Erik lachte aber: „Das wird aber auch Zeit! Linda wohnt über mir, steige also einfach die Treppe nach oben, dann hast du die richtige Tür. Viel Erfolg!", rief er noch und war wieder in seiner Wohnung verschwunden.

Paul atmete auf und stieg die paar Stufen nach oben. Er klopfte, bemerkte dann, dass die Tür nur angelehnt war. Er war unschlüssig, ob er einfach eintreten sollte, oder vor der Türe warten, als er Linda rufen hörte, er solle einfach hereinkommen, was er dann auch tat. Die Altbauwohnung war gemütlich, hohe Decken, ohne Tür zum Wohnzimmer.

„Nimm einfach noch kurz auf dem Sofa Platz, ich bin gleich da."

Die Holzdielen knarrten etwas, als Paul das Wohnzimmer betrat und zunächst erstaunt stehen blieb. Große Fenster erhellten den Raum und boten den Blick hinaus in den Garten, eine große Kiefer bestätigte, dass alles nur schlief und wieder erwachen würde. Linda hatte den Raum hell und freundlich eingerichtet, zahlreiche Kissen auf dem tiefen Sofa luden ihn nun auch tatsächlich zum Hinsetzen ein. Paul ließ sich hinein fallen und dachte, dass er hier am liebsten liegen bleiben würde. Da kam Linda aber schon herein.

„Hallo Paul", begrüßte sie ihn freundlich, „ich hab mich nur schnell etwas frisch gemacht, bevor wir gehen, aber ich bin jetzt startklar, wollen wir?"

Träge erhob er sich aus dem Sofa. „Na klar, fahren wir."

Als sie kurz darauf den Laden betraten, machte Linda große Augen: „Donnerwetter, das hätte ich nun nicht erwartet!" Staunend sah sie sich um.

Der Laden war relativ neu und schick, links stand eine große Theke, drei junge Männer schwirrten umher und führten die Beratungsgespräche, überall standen Regale und Vitrinen, in denen etliche Geräte und Zubehör ausgestellt waren. Linda wusste gar nicht, wo sie hinschauen sollte.

„Oh je, wie soll ich mich hier jemals zurechtfinden!", stöhnte sie.

Paul lachte. „Dafür bin ich ja mitgekommen und die Beratung hier ist hervorragend. Schau mal", er führte sie nach hinten rechts in die Ecke, „hier ist sozusagen die Liquidbar, hier kannst du alle Aromen ausprobieren und erst mal sehen, welches dir am besten schmeckt."

„Das ist ja toll!", rief Linda aufgeregt.

Paul zeigte ihr, wie die Einweg-Geräte zu benutzen seien und erklärte anhand der Tafel die einzelnen Aromen. Der Laden war relativ voll und so gesellten sich andere dazu, mit denen sie ins Gespräch kamen und sich über die verschiedenen Geschmäcker austauschten. Eine Frau mittleren Alters, die, wie sie erzählte, von ihrem Mann hierher geschickt worden war, schaute Paul zu und lernte gleich mit. Ihr Gesicht war grau und die Zähne gelb, und Linda überlegte, dass sie wohl älter aussah als sie war.

Als sie eine Stunde später den Laden verließen, schwenkte Linda zufrieden ihre Tüte, in der sie nun ihr ausgesuchtes Gerät und drei verschiedene Liquide stolz ihr Eigen nannte und bemerkte lachend, dass sie nur noch mehr motiviert sei mit dem Rauchen aufzuhören, nachdem sie die Frau im Laden bewusst betrachtet hatte, die wohl schon sehr lange geraucht hatte. Paul freute sich, dass er Linda hatte überzeugen können und lächelte zufrieden.

„Ich bin echt froh, dass du mir das alles gezeigt hast und würde dich gerne zum Pizzaessen einladen, sozusagen als kleines Dankeschön." Verlegen schüttelte Linda ihre Locken und warf ihm einen Blick zu, während sie nebeneinander zurück zum Auto liefen. „Du hast doch sicher auch Hunger…"

Paul grinste, als sein Magen zur Bestätigung wie auf Kommando knurrte. „Gerne, ganz hier in der Nähe ist ein kleiner aber gemütlicher Italiener."

Sie brachten Lindas Tüte zum Auto und machten sich dann zu Fuß auf den Weg. Sie waren noch keine fünf Minuten gelaufen, da begann es zu schneien, ganz kleine Flöckchen. Lindas Augen strahlten: „Oh wie schön!" Mit ausgestreckten Armen drehte sie sich im Kreis und einzelne Flöckchen fielen auf ihr Haar und blieben wie klitzekleine Sternchen für einen Augenblick liegen, bevor sie zerschmolzen.

Pauls Handy klingelte, er zog es heraus und schaute aufs Display. Ute! Er überlegte kurz, dann beschloss er, dass nun er nicht erreichbar sein wollte und steckte es wieder in die Tasche.

„Magst du nicht rangehen?", fragte Linda.

„Nicht so wichtig", murmelte Paul kaum verständlich und lief weiter.

Sie betraten die kleine Pizzeria und wurden von wohliger Wärme umfangen, romantisches Kerzenlicht erhellte den Raum nur spärlich.

„Hier ist es aber schön, dass nenne ich mal Ambiente!" Linda betrachtete den kleinen, aber anheimelnden Raum, das Kerzenlicht spiegelte sich in ihren Augen sodass sie aussahen, als würden ihre Pupillen flattern. Paul betrachtete sie fasziniert, als sein Handy erneut klingelte. Er schaltete es aus und steckte es wieder in seine Hosentasche, dann führte er Linda an einen gemütlichen Zweier-Tisch in einer kleinen Nische. Er nahm ihr den Mantel ab, den er an die Garderobe an der Wand hängte, rückte ihr einen Stuhl zurecht und bat sie, sich zu setzen. Linda betrachtete ihn offensichtlich angenehm überrascht ob seiner guten Manieren und nahm dankend Platz. Paul setzte sich ihr gegenüber. In einer kleinen Vase auf dem Tisch stand eine rote Rose und ihre Gesichter erleuchteten schemenhaft im magischen Kerzenschein. Für einen kurzen Moment entstand eine peinliche Stille, in der Paul feststellte, dass Linda wirklich richtig hübsch war. Nein, hübsch war so eigentlich nicht richtig... sie war schön! Auf eine andere Art wie Ute, die sexy-schön war, Linda war schön... so von innen heraus. Der Kellner kam und riss Paul aus seiner Gedankenflut. Gleichzeitig bestellten sie ein Glas Bardolino, worauf Paul lachend abwinkte. „Weißt du was, Vincenzo, bring uns eine Flasche!"

„Willst du mich etwa betrunken machen?", lächelte Linda charmant, als der Kellner zurück zur Theke geeilt war.

„Warum nicht?", grinste Paul frech. Flirtete er etwa?

Das Essen war vorzüglich gewesen, die Flasche Wein geleert, und als wollten sie kein Ende finden, bestellten sie sich noch einen Espresso. Im Laufe des Abends hatten sie Gelegenheit, festzustellen, dass sie sich wohl recht ähnlich waren und sich prima verstanden, sie hatten sich vorzüglich unterhalten und viel gelacht. Obwohl Paul die Sache mit Ute natürlich auf dem Magen lag, genoss er den Abend mit Linda sehr und empfand ihre Gesellschaft als sehr angenehm und überlegte, wann er sich mit Ute das letzte Mal so wohlgefühlt hatte, einen so schönen Abend verbracht hatte.

„Wollen wir uns noch ein Tiramisu bestellen?", bot Paul an.

„Boah, ich bin pappsatt!" Um ihre Worte zu unterstreichen, hielt sich Linda mit beiden Händen den Bauch.

„Wir könnten uns eines teilen..."

Linda lachte. „Du kriegst wohl gar nicht genug! Na gut, wie soll ich da widerstehen?"

Paul lächelte und rief den Kellner, er bestellte ein Tiramisu mit zwei Löffeln, ohne den Blick von Linda abzuwenden. Linda bemerkte es und errötete leicht, was sie nur noch entzückender erscheinen ließ.

Zusammen mit dem Tiramisu stellte ihnen der Kellner zwei Amaretto auf den Tisch: „Auf s Haus", zwinkerte er und verschwand wieder. Sie lachten gelöst und prosteten sich mit den kleinen Gläschen zu. Mittlerweile spürte selbst Paul etwas den Alkohol und sie lachten albern, während sie das Tiramisu verspeisten.

Paul fuhr Linda nach Hause und konnte tatsächlich wieder direkt vorm Haus parken. Er stellte den Motor ab und fuhr sich mit den Fingern nervös durchs Haar, wirklich eine Marotte von ihm, ein Wunder, dass Ute ihm die nicht auch schon vorgeworfen hatte…

„Ich danke dir für den schönen Abend, Linda." Er wandte sich ihr zu, im schwachen Licht der Straßenlaterne sahen sie sich an. Sie räusperte sich verlegen: „Ich danke dir, Paul." Schnell hauchte sie ihm einen leichten Kuss auf die Wange, dann stieg sie eilig aus und rannte regelrecht zu ihrer Haustür, die sie eilig aufschloss und Paul sah ihr nach, wie sie im dunklen Flur verschwand. Verblüfft legte er seine Hand auf die Wange, die sich anfühlte, als hätte ein kleiner Schmetterling sie berührt. Er wartete noch, bis oben das

Licht anging, dann startete er den Motor und fuhr langsam und nachdenklich nach Hause.

Als er in seinem Bett lag, ließ er mit Freude den Abend noch einmal Revue passieren, dachte mit Herzklopfen an ihr Küsschen und schlief mit einem Lächeln auf den Lippen ein.

Erst am nächsten Morgen dachte Paul daran, sein Handy wieder einzuschalten. Außer den Anrufen Utes zeigte das Display nichts weiter an. Paul drückte die Rückruftaste und wartete geduldig. Erst nach dem vierten Klingeln nahm Ute ab: „Paul", keifte sie und unversehens hob Paul das Telefon zehn cm vom Ohr weg, „weißt du wie oft ich versucht habe dich zu erreichen? Das ist eine Unverschämtheit, warst wohl mit deinen Jungs wieder ein Bier trinken!"

Sie schimpfte noch eine Weile und Paul wartete, bis sie Luft holte, dann konterte er: „Pass auf, Ute, ich hab tagelang versucht, dich zu erreichen und du hast einfach nicht abgenommen und jetzt beschwerst du dich, weil du es einen Abend lang probiert hast."

„Ach, leck mich!" Ute legte auf. Kopfschüttelnd starrte Paul aufs Display und begann sich zu fragen, wo all die Gefühle geblieben seien. Er machte sich fertig und ging zur Arbeit.

In der Mittagspause ging er rüber zu Nico und Daniel: „Mahlzeit, Jungs, kommt ihr? Ich lade euch auf ne Pizza ein." Es lag ihm auf dem Herzen, sie für seine schlechte Laune zu entschädigen.

Nico sah auf und strahlte ihn an: „Da sag ich nicht nein!" Er rückte seine Brille zurecht, die etwas schief auf der Nase saß. Heute trug er eine feuerrote und sein Haar hatte er wieder zu einem Zopf zusammengebunden, was seinem Aussehen eine witzig intellektuelle Mischung verlieh.

„Das lass ich mir nicht zweimal sagen." Daniel erhob sich aus seinem Schreibtischstuhl und klopfte Paul auf die Schulter. „Gehen wir."

Beim Mittagessen redete Paul sich alles von der Seele, das Fiasko mit Ute, wie sie sich verhalten hatte und auch wie er sich benommen hatte, er beschönigte nichts. Übergangslos erzählte er dann von Linda, ihrer Wohnung, wie er mit ihr im Laden war und danach mit ihr beim Essen. Daniel und Nico hatten die ganze Zeit still gelauscht. Als er geendet hatte, schlug Daniel mit der Faust auf den Tisch: „Schieß Ute in den Wind!"

„Genau! Nimm Linda!", blies Nico mit ins Rohr. Paul schnappte nach Luft: „Ihr tut ja gerade so, als ob das so einfach wäre."

„Aber das ist es! Daniel, was meinst du?" Nico zog seine Brille ab und rieb sich die Druckstellen auf seiner Nase.

„Ich sehe das genauso, hör auf, deine Zeit in ein zielloses Unterfangen zu investieren."

„Zielloses Unterfangen", äffte Paul nach, „wir reden nicht von einem Geschäft, sondern um eine Beziehung!"

Nico zog seine Brille wieder auf. „Überleg doch mal, Paul, ich finde, Daniel hat recht. Wenn du Ute jetzt weiter nachweinst, verlierst du Linda womöglich, die ja offensichtlich viel besser zu dir passt. Tatsache ist doch, dass du mit Ute keine wirkliche Perspektive hast."

Paul schluckte, sein Hals fühlte sich ganz trocken an und er nahm einen Schluck Wasser. „Vielleicht", lenkte er ein, „habt ihr ja recht…"

Daniel grinste: „Nicht nur vielleicht, Alter, sondern ganz bestimmt, also überleg dir gut, was du machst."

Paul sagte nichts mehr, er nickte nur kurz und betrachtete dann intensiv das Muster der Tischdecke. Auch Daniel schaute plötzlich verträumt zum Fenster hinaus und dachte zum gefühlten tausendsten Male an das Mädchen, mit dem er beim Skifahren kollidiert war. Noch nie hatte er solche Augen gesehen! Sie würde wohl ein Traum bleiben, die Wahrscheinlichkeit sie wiederzusehen lag praktisch bei null! Doch der Traum würde ihm bleiben, darüber reden wollte er nicht, diese Erinnerung gehörte ihm ganz alleine.

Wenn Paul etwas aus der Beziehung mit Ute lernte, dann, dass er sich schwer im Loslassen tat. Als er abends zu Hause in seiner Küche saß, sein Handy auf dem Tisch liegend, drehten sich seine Gedanken wie ein Kreisel und immer wieder kochten Schuldgefühle hoch. Schließlich schrieb er Ute eine SMS: *Lass uns reden*. Die Antwort kam umgehend: *Vergiss es, ich habe kein Interesse mehr, es ist Schluss!*

Bis kurz nach Mitternacht saß Paul auf seinem Stuhl ohne sich zu rühren, nur immer wieder Utes Worte lesend. Seine Gedanken wirbelten nun noch schlimmer durcheinander als vorher, seine Gefühle bewegten sich im Wechselbad zwischen Fassungslosigkeit, Traurigkeit und Wut. Sie warf einfach weg, was sie miteinander hatten, ihr fiel es scheinbar ganz leicht. Erst als Paul am Morgen erwachte, kam er selbst zu dem Schluss, dass es so besser war. Hätte sie es nicht getan, dann wahrscheinlich er und besser ein Ende mit Schrecken, als ein Schrecken ohne Ende.

Den Rest der Woche stürzte er sich in Arbeit, an den Abenden strich er seine Küche neu, die es, wie er fand, schon lange nötig hatte, entschied sich dann, eine Wand in apfelgrün zu streichen, nachdem sie schon weiß war und war froh, als endlich der Samstag kam, den er mit den Jungs auf der Baustelle verbringen konnte. Er biss die Zähne zusammen, wollte sich nicht anmerken lassen, dass die Trennung ihn doch schmerzte und ließ zu, dass Nico und

Daniel ihn aus seinen Gedanken rissen. Sie arbeiteten hart, vergaßen dabei aber nicht, immer wieder herumzualbern und er konnte sie sogar dazu überreden, dass sie auch am Sonntag arbeiten würden. Daniel und Nico hatten nur wissende Blicke getauscht und sofort eingewilligt.

Als dann die neue Woche anbrach, hatte Paul sich wieder etwas beruhigt. Am Montagmorgen im Büro checkte er als erstes seine E-Mails. Da, eine Nachricht von Linda, gänzlich unerwartet, schien Paul wieder zum Leben zu erwecken. Seine Gesichtszüge wurden schlagartig weicher und ein kleines Lächeln schlich sich auf sein Gesicht, während er die E-Mail öffnete: *Vielen Dank nochmal für neulich, ich fand den Abend wirklich schön. Gruß Linda.*

Ob das ein Wink mit dem Zaunpfahl war? Ermutigt durch Lindas Nachricht klickte Paul auf „Antworten": *Ja, es war wirklich sehr schön mit dir. Wollen wir es wiederholen? Freitagabend hat mein Freund Nico einen Gig in einem Pub, ich könnte dich abholen, wär bestimmt lustig.*

Gespannt wartete er und tatsächlich kam gleich darauf die Antwort: *Au ja, sehr gerne!*

Paul musste grinsend an seine Mutter denken, die jetzt sagen würde: Wenn Gott eine Tür schließt, öffnet er dafür eine andere!

Ja ja, Mama hatte stets solch passende Sprüche parat… Oh je, er musste sie dringend mal anrufen, schon eine Weile her, seit er sich zum letzten Mal gemeldet hatte.

„Hallo Mama, ich bins, Paul."

„Ach Paul, lebst du noch? Nimmt Ute dich so in Beschlag, dass du deine alte Mutter vergisst?"

Paul schnaufte, nun hatte er gleich zwei Frauen gegen sich, doch dann fiel ihm ein, dass da ja noch Linda war. Schnell setzte er an, bevor seine Mutter wieder in ihre Endloslitanei verfallen würde: „Ach komm Mama, sei doch nicht böse, war ein bisschen stressig und mit Ute ist Schluss." Was immer sie auch gerade sagen wollte, die Worte erstarben in einem Hustenanfall. Paul biss sich auf die Unterlippe, um ein Lachen zu vermeiden, tatsächlich, er hatte es geschafft! Diesen seltenen Augenblick, da er seine Mutter sprachlos erlebte, musste er ausgiebig genießen. Schließlich fasste sie sich wieder: „Oh Paul, das tut mir leid, wenn ich das gewusst hätte…"

„Schon gut Mama, nicht so schlimm. Du sagst doch immer, wenn Gott eine Tür schließt, öffnet er eine neue…"

„Ja, Paul, das stimmt…" Nun hatte er sie noch mehr aus der Fassung gebracht und seiner Kehle entwischte ein Glucksen, das er nicht unterdrücken konnte. Deshalb sagte er schnell:

„Du Mama, ich muss wieder auflegen, ich bin auf der Arbeit. Aber mach dir wirklich keine Sorgen, alles gut. Grüß Papa schön von mir, tschüs."

Er legte auf und prustete laut los, so dass Daniel und Nico zu ihm herüberschauten und sich sichtlich darüber freuten, Paul wieder lachen zu sehen.

Freitagabend holte Paul Linda ab und sie trafen sich mit Daniel im Lemmons Pub, auch Michaela war wieder mit ihrem Sohn da. Paul empfand die Situation ein wenig als Déja vu und war etwas angespannt. Im Prinzip wartete er den ganzen Abend darauf, dass irgendeine unangenehme Situation eintreten würde, was sich jedoch als völlig unnötig erwies. Linda verstand sich mit Daniel und Michaela auf Anhieb gut, der Kleine saß später sogar auf ihrem Schoß und Nicos Auftritt war wieder mal spitzenmäßig!

Es war bereits halb zwölf Uhr, als sich Pauls Anspannung endlich auflöste und er begann, den Abend zu genießen. Er glitt hinüber in eine völlig ausgelassene Stimmung und als er Linda um zwei Uhr schließlich nach Hause brachte bedauerte er, dass der Abend schon zu Ende war. Er begleitete sie zur Haustüre, wo sie sich für einen Augenblick verlegen gegenüberstanden. Dann schloss Linda auf und ehe sichs Paul versah, hatte sie ihm genau wie beim letzten Mal einen hauchzarten Kuss auf die Wange gedrückt. Bevor Paul auf irgendeine Art und Weise hätte reagieren können, war sie verschwunden und er stand nur noch vor der geschlossenen Tür. Langsam ging er zurück zu seinem Auto, schaute noch einmal nach oben zu ihrem Fenster, dann fuhr er nach Hause.

In der Nacht träumte er ausschließlich diese Situation immer wieder, als würde er eine Rückspultaste betätigen, durchlebte er immer wieder diesen Kuss. Nur, dass das Ende des Traums begann zu variieren, er ging dazu über, dass er ihr Gesicht in seine Hände nahm und sie lange und zärtlich küsste…


Die darauffolgenden Tage hörten sie nichts voneinander, weil beide zu schüchtern waren, sich beim anderen zu melden.

Paul überlegte, dass zunächst die Schmetterlinge in seinem Bauch wieder zur Ruhe kommen mussten, denn letztendlich hatten diese ihm das letzte Mal schon nicht gut getan, durch sie war er in eine ausweglose Beziehung geraten.

Das nächste Problem tat sich dann am Mittwochabend auf, als Paul nach Hause kam und die Post aus dem Briefkasten holte. Er überflog den Stapel und entdeckte die Reiseunterlagen. Mist! Den Urlaub mit Ute hatte er völlig vergessen und siedend heiß fiel ihm ein, dass er keine Reiserücktrittversicherung abgeschlossen hatte.

Bis er seine Wohnung betreten hatte, die Post zusammen mit seinem Schlüsselbund auf dem kleinen Schrank im Flur abgelegt hatte, war der Beschluss gefasst, morgen Daniel und Nico darauf anzusprechen, ob vielleicht einer von ihnen Lust hätte, den Urlaub mit ihm zu verbringen. Vielleicht ließ sich ja auch noch ein Flug dazu buchen und sie könnten sich zu dritt eine schöne Woche machen.

Mit diesen Gedanken legte sich Paul in die Badewanne, um sich aufzuwärmen und war völlig entspannt, bis ihm plötzlich etwas anderes einfiel, das ihn so aufschrecken ließ, dass Wasser im ganzen Bad umherspritzte: Mutter! Er musste ihr noch beichten, dass er Weihnachten und Neujahr nicht da sein würde, um mit Ihnen zu feiern, zum allerersten Mal! Das würde nicht einfach werden! Mit aufgerissenen Augen plumpste er zurück ins Wasser. Als er dann aus der Wanne stieg und sich abtrocknete, überlegte er, dass es wohl das Beste wäre, das Gespräch gleich hinter sich zu bringen: Aufgeschoben ist ja bekanntlich nicht aufgehoben. Je länger er den Anruf vor sich herschieben würde, desto länger würde ihn der Gedanke daran belasten. Er zog sich ein frisches Shirt an, wuschelte einmal kurz durch seine Haare, ging dann hinüber und schnappte sich sein Handy, das auf dem Tisch gelegen hatte. Er schnaufte noch einmal tief durch, bevor er die Kurzwahl „Mama" berührte.

„Hallo Mama, ich bins, Paul…", weiter kam er nicht.

„Ach Paul, schön, dass du anrufst, das ist im Moment aber wirklich ungünstig! Ich schau mir gerade „Heiter bis wolkig" an, kannst du so in einer halben Stunde nochmal anrufen? Das ist lieb von dir! Bis nachher!"

Tuuuuut…

„Och nee!" Resigniert warf Paul sein Handy zurück auf den Tisch und fing es gerade noch auf, bevor es herunterrutschen und zu Boden fallen konnte. „Das darf doch nicht wahr sein!", schimpfte er vor sich hin.

Er öffnete eine Dose Ravioli, füllte die Hälfte davon in einen Teller und stellte ihn in die Mikro.

Während er aß, versuchte er, sich die richtigen Worte zurechtzulegen, musste feststellen, dass er sie nicht fand, spülte sein Geschirr, holte sich ein Bier aus dem Kühlschrank, nahm einen kräftigen Schluck, schaute auf die Uhr, halbe Stunde vorbei, nächster Versuch…

„Hallo Paul, schön, dass du nochmal anrufst! Wie gehts dir denn, mein Junge?"

„Gut, Mama, ich muss dir was sagen…"

„Ach, Paul, wenn ich dich gerade dran hab, wegen Weihnachten…"

„Stopp, Mama! Lass mich doch jetzt bitte mal reden!"

„Ist ja schon gut!"

Jetzt war sie auch noch beleidigt! Paul stöhnte. „Mama, ich bin Weihnachten und Neujahr ausnahmsweise nicht da, ich hab mit Ute ein paar Tage Urlaub gebucht." So, jetzt war es raus.

„Wie, nicht da?", fragte sie entgeistert.

„Nee, Mama, nicht da, ich bin dann auf den Kanaren und lieg in der Sonne." Paul hielt die Luft an.

Schweigen, dann kleinlaut: „Aber du hast doch gesagt, ihr seid nicht mehr zusammen, habt ihr euch etwa wieder versöhnt?"

„Nein, Mama, aber ich hab keine Rücktrittversicherung abgeschlossen und deswegen fliege ich trotzdem." Nach kurzem Nachdenken fügte er hinzu: „Mit Daniel und Nico." Er kam ihrer Frage nach dem freien Ticket zuvor, nicht dass sie auf die Idee kam, dass sie doch mitkommen könnte, das hätte ihm gerade noch gefehlt!

„Okay, ist gut, also dann, tschüs Paul", verabschiedete sie sich mit trauriger Stimme.

So eine Sch… ! Das hatte er doch nicht gewollt! Er dachte, sie würde wie üblich einfach mit ihm schimpfen, ein

Donnerwetter loslassen. Paul versetzte es einen Stich, das war nun schlimmer, als hätte sie ihn angeschrien.

Dieser Urlaub stand definitiv unter keinem guten Stern.

Am nächsten Tag saß er mit Nico und Daniel zusammen in der Mittagspause in der kleinen Büroküche. Er erzählte ihnen von seinem Urlaubsdesaster und fragte, wer von ihnen beiden Lust hätte mitzukommen, oder ob sie nicht gar zu dritt fliegen könnten.

Daniel kratzte sich am Kopf. „Oh je, das tut mir jetzt aber leid, bei mir gehts gar nicht! Ich verbringe Weihnachten mit meinen Eltern und meiner Schwester und deren Familie zusammen auf einer Hütte in Österreich, die wir gebucht haben..."

„Und ich kann auch nicht!", schloss sich Nico gleich an, „Wir haben in dieser Woche mehrere Gigs auf Festlichkeiten... Warum fragst du nicht einfach Linda, ob sie mitkommt?"

„Ja, genau! Frag doch Linda!"

„Spinnt ihr? Wir sind doch nicht zusammen oder so, ich kann sie doch nicht einfach fragen, ob sie mit mir in Urlaub fliegt!"

„Warum nicht?! Bevor das Ticket verfällt...", warf Daniel ein.

„Genau, bevor das Ticket verfällt! Alternativ könntest du ja deine Mutter fragen!", stichelte Nico lachend.

Paul zeigte ihnen den Vogel und verließ vor sich hin brummend die Küche. Zusammen mit seiner Kaffeetasse setzte er sich zurück an seinen Schreibtisch.

Was sollte er jetzt bloß tun? Er war fest davon ausgegangen, dass wenigstens einer der beiden mitkommen würde. Er dachte angestrengt nach, aber es wollte ihm sonst niemand einfallen, den er eventuell gerne mit in den Urlaub genommen hätte, außer... Linda. Aber wie sollte er das anstellen? Er würde sie mit dieser Frage doch komplett vor den Kopf stoßen!

Zerknirscht öffnete er seinen E-Mail Account, überlegte, dann fing er an zu tippen. Er erklärte Linda seine Gesamtsituation und endete mit der Frage, ob sie Lust hätte mit auf die Kanaren zu fliegen. Bevor er es sich anders überlegen konnte, klickte er schnell auf „Senden".

Er lehnte sich zurück, nahm seine Tasse und stürzte den mittlerweile kalten Kaffee hinunter. Den Rest des Tages konnte er sich nicht mehr so recht auf seine Arbeit konzentrieren, sah stattdessen alle fünf bis zehn Minuten in sein Postfach, ob eine Mail von ihr angekommen war. Aber es kamen nur geschäftliche Nachrichten, die er beantworten musste. So verließ er in aufgewühlter Stimmung am Abend das Büro und fuhr nach Hause, wo er sich frustriert in seinen Sessel plumpsen ließ und das Fernsehgerät einschaltete. So verbrachte er zwei Stunden, bis er merkte, dass da irgendeine blöde Dokumentation lief, die ihn überhaupt nicht interessierte. Wütend schaltete er um, dann nahm er sein Handy, um erneut sein Postfach abzurufen. Da! Endlich! Schnell öffnete er Lindas Nachricht: *Hallo Paul, das ist sehr nett von dir, dass du dabei an mich gedacht hast. Entschuldige bitte, dass ich dir jetzt erst zurück schreibe. Ich habe mir erst mal Gedanken darüber machen müssen, ob es richtig wäre, mit dir in Urlaub zu gehen, letztendlich habe ich mich aber gefragt, was eigentlich dagegen sprechen würde. Also, machen wir uns einfach ein paar schöne Tage! Ich freue mich!*

„Das ist ja der Hammer!" Paul sprang von seinem Sessel auf. Er hätte nie gedacht, dass sie tatsächlich mitkäme. Okay, na dann,... WOW! Auf einen schönen Urlaub!


Vorfreude ist die schönste Freude und so verging die Zeit bis zum Urlaub wie im Fluge. Sie schafften es trotz der Kälte, Daniels Bodenplatte fertigzustellen und der einzige Wermutstropfen war Pauls schlechtes Gewissen seiner Mutter gegenüber. Sie hatte sich nicht mehr gemeldet und auch er hatte sich nicht mehr getraut, sie anzurufen. Es waren doch nur ein paar Tage! Dann würde er mit einem Arm voll Geschenke einfach bei ihnen einschneien und alles wäre wieder gut!

Eine halbe Stunde bevor er Linda abholen musste, schnappte Paul sich seinen Koffer und warf eilig seine Sachen hinein. Er brachte seinen Goldfisch zusammen mit dem Fischfutter hinüber zu seinem Nachbarn, goss noch einmal seine Yucca Palme, etwas mehr als sonst, dann ging es los.

Er rannte die paar Stufen zu Lindas Wohnung hinauf, die Türe stand schon offen und ihr Koffer fertig gepackt im Flur.

„Ich bin schon so aufgeregt! Seit vorgestern hat mich total das Reisefieber gepackt!", wurde er begrüßt.

Paul grinste: „Dann lass uns gleich fahren!" Er zwinkerte ihr zu, schnappte sich ihren Koffer, den er mühelos nach unten trug und zu seinem im Kofferraum verfrachtete. Gleichzeitig stiegen sie in den Wagen und strahlten sich an. Paul schaltete das Radio ein und startete den Motor. Die knappe Stunde Fahrt bis zum Flughafen verging rasant. Fröhlich plapperten sie miteinander, oder sangen zur Musik mit.

Am Flughafen verlief alles reibungslos: Parkplatz war gleich gefunden und Paul bereitete es überhaupt keine Mühe, die beiden Koffer zu tragen. Verwundert stellte er fest, dass Lindas kein bisschen schwerer war als seiner und grinste bei dem Gedanken, als er sich vorstellte, wie das wohl mit Utes

Gepäck ausgesehen hätte, der kleine Koffer hätte ihr bestimmt nicht ausgereicht!

Im Nu hatten sie eingecheckt, verbrachten die kurze Wartezeit im zollfreien Bereich, wo sie sich lachend mit verschiedenen Parfümdüften besprühten, bis ihr Flug aufgerufen wurde. Das Flugzeug war sauber und die Sitze bequem, nur das Essen, musste Paul feststellen, war nicht besser als sein Mikrowellenfraß zu Hause. Ihre angeregte Unterhaltung verstummte erst, als sie nach unten durch die Wolken tauchten, mit dem Flieger die Insel anflogen. Paul beugte sich zu Linda hinüber zum Fenster, fasziniert und in gespannter Erwartung konnten sie das Eiland von oben bewundern.

„Wie schön!", konnte Linda nur flüstern, während Paul sich schon in die Wellen tauchen sah.

Endlich setzten sie zur Landung an. Als sie ausstiegen, schlug ihnen die Hitze entgegen. Sie waren warm gekleidet, schließlich hatten sie Deutschland im Winter verlassen. Als sie schließlich mit ihrem Gepäck den Transferbus gefunden hatten, begrüßten sie den klimatisierten Innenraum und ließen sich auf ihre Sitze fallen. Der Transfer dauerte ungefähr fünfundvierzig Minuten, während der sie nicht viel sprachen, sondern ergriffen die schöne Palmenlandschaft in sich aufnahmen.

Der Bus hatte sich mittlerweile bereits um einige Fahrgäste verringert, als sie das große Tor ihrer Ferienanlage passierten. In der Mitte des riesigen Hofs befand sich ein sehr beeindruckender Springbrunnen, umsäumt von prächtig blühenden Hibisken. Sie waren die einzigen, die hier ausstiegen und der Bus konnte einmal im Kreis um den Brunnen fahren und so, ohne rangieren zu müssen, die Anlage wieder verlassen. Wo sie hinschauten erblickten sie Palmen und Blumen, sie wandten sich dem großen, beeindruckenden, im mediterranen Stil gehaltenen Gebäude zu, es war einfach wunderschön! Schweigend nahm Paul die beiden Koffer auf und Linda folgte ihm die vier breiten Stufen nach oben zum großen Eingangsportal. Sie betraten die riesige Halle, die komplett mit hellem Marmor ausgestattet war, und bestaunten den beleuchteten Glasaufzug. Auch hier zierten Palmen und ein Brunnen, in dessen Auffangbecken sich kleine Fische tummelten, das beeindruckende Hotel. Paul grinste hämisch bei dem Gedanken, was Ute nun entging, das hätte ihr gefallen! Geschah ihr recht! Mit zusammengekniffenen Augen peilte er die imposante Theke an, stellte die Koffer auf den Boden und begrüßte die Empfangsdame, welche sie freundlich willkommen hieß. Sie überreichte ihnen den Zimmerschlüssel und erklärte mit leichtem Akzent: „Bitte benutzen Sie den Fahrstuhl und fahren Sie in den ersten Stock, dann gehen Sie bitte links den Flur entlang, da finden Sie Ihr Zimmer. Ich wünsche Ihnen einen angenehmen Aufenthalt hier bei uns." Sie entließ die beiden mit einem verbindlichen Lächeln.

Das Gefühl, in dem gläsernen Aufzug nach oben zu fahren war gigantisch und Linda entschlüpfte nur ein ergriffenes

„Oh", während sie nach unten schaute und die pompöse Eingangshalle von oben betrachten konnte.

Als sie an ihrer Zimmertür angelangt waren, rief sich Paul verlegen ins Bewusstsein, dass sie sich über den Urlaub ein Zimmer würden teilen müssen. Mit roten Ohren öffnete er die Tür und trug die Koffer hinein. Richtig peinlich wurde es ihm, als er das aus Blütenblättern arrangierte Herz auf dem großen Bett entdeckte, er stellte die Koffer ab und sog die Luft ein. Ein erneutes „Oh" von Linda teilte ihm mit, dass auch sie es gesehen hatte. Laut stieß Paul die Luft wieder aus, die er bis hierhin angehalten hatte. „Tut mir leid…", stammelte er und merkte zu seinem Ärger, dass er nun puterrot angelaufen war, „ich werde natürlich auf der Couch schlafen!" Er schielte hinüber zu Linda und stellte befriedigt fest, dass auch ihr Gesicht feuerrot geworden war. Er ging hinüber zum Bett, raffte die Blütenblätter zusammen und warf sie in den kleinen Mülleimer, der im Badezimmer bereitstand. Er ging zurück und klappte die Bettdecke zur Seite. „Sieh mal", rief er erleichtert, „das sind zwei aneinandergeschobene Einzelbetten, wir können sie einfach auseinander schieben!"

Linda kicherte verlegen und half ihm dabei, sodass ein halber Meter Abstand zwischen den beiden Betten entstand. Sie drehte sich einmal langsam im Kreis und begutachtete nun das Zimmer: „ Oh Mann, ist das toll hier!"

„Wenn du das schon toll findest", rief Paul, der inzwischen auf den Balkon getreten war, „dann schau dir erst mal das hier an!"

Linda hüpfte zu ihm hinaus und jauchzte begeistert, als sie direkt über Palmen bis zum Strand und aufs offene Meer hinaus schauen konnte. „Oh Gott, ich werde verrückt! Das ist ja hier der absolute Hammer! Wie lange sind wir hier?" Sie lachte glücklich, die peinliche Stimmung war verpufft und Paul lächelte befreit.

Linda entschied sich für die linke Schrankhälfte, Paul nahm die rechte. Hastig räumten sie ihre Sachen ein, dann benutzten sie nacheinander das Bad, um sich zu duschen und umzuziehen. Paul wartete auf dem Balkon auf sie, er hörte sie unter der Dusche singen. Bereits nach zwanzig Minuten verließ sie das Badezimmer. Ihr Haar war noch nass und sie trug ein schulterfreies, geblümtes Neckholdertop und eine sehr kurze Jeans. Paul musste zugeben, dass sie sehr sexy aussah, schämte sich aber gleich bei dem Gedanken. Er selbst trug auch eine kurze Hose, ein rotes T-Shirt und Flipflops.

„Komm", rief Linda gut gelaunt, „lass uns doch gleich runter gehen an den Strand!"

„Ich hatte gehofft, dass du das sagst", lachte Paul und so fuhren sie mit dem Aufzug wieder nach unten und verließen das Hotel durch die Rückseite. Losgelöst schritten sie über den hoteleigenen Pfad, der sie durch einen Park führte. Mit großen Augen nahmen sie die Üppigkeit der Vegetation in sich auf, bis sie den Park verließen und direkt den Strand betraten. Zeitgleich zogen sie ihre Flipflops aus und bemerkten, dass der Sand unter ihren Füßen recht heiß war. Sie verständigten sich mit einem kurzen Blick, dann rannten sie zusammen los, direkt ins Meer, und als das Wasser knietief reichte, stürzten sie sich vollends in die Wellen. Mit lautem Gejohle bespritzten sie sich gegenseitig nach dem Auftauchen. Nachdem sie sich ausgetobt hatten, wateten sie unter lautem Gelächter wieder heraus und liefen den Strand entlang, das Wasser umspülte ihre Füße, bis Pauls Magen laut vernehmlich knurrte.

„Das trifft sich gut", feixte Linda, „ich bin auch schon sehr hungrig! Gehen wir zurück."

Zurück im Hotel hüpften sie erneut unter die Dusche und zogen sich um, die nassen Kleider hängten sie einfach übers Terrassengeländer zum Trocknen. Ein Blick auf die Uhr bestätigte ihnen das perfekte Timing: Das Abendbuffet wurde in drei Minuten eröffnet. Sie begaben sich in den Speiseraum im Erdgeschoß und sogleich stiegen ihnen verführerische Düfte in die Nasen, sodass nun auch Lindas Magen sich zu Wort meldete. Im Speisesaal stand ein riesiger Weihnachtsbaum, geschmückt mit roten Kugeln. Dass Heiligabend war, hätte man hier in der Sonne glatt vergessen können… Sie stürzten sich direkt aufs Buffet, das an mediterranen Gerichten keine Wünsche offen ließ.

„Ich werde in den acht Tagen wohl zehn Kilo zunehmen!" Linda stöhnte.

Paul musterte sie von oben bis unten. „Naja, ein paar Kilo mehr schaden dir wohl nicht."

„Willst du damit sagen, ich wär zu dünn?" Sie trat ihm auf den Fuß.

„Nein!... So war das nicht gemeint!" Paul kam ins Stottern, Ute hatte ihm die Unbefangenheit ausgetrieben.

„Weiß ich doch!", Linda lachte laut, „ich wollte nur die Gelegenheit nutzen, dir auf den Fuß zu treten." Schelmisch blinzelte sie ihm zu, während Paul hörbar ausatmete und sich noch Garnelen auf den Teller lud.

Sie wählten einen gemütlichen kleinen Tisch im Freien unter Palmen und lachten, als sie das Lametta bemerkten, das an ihnen herabhing, Weihnachtsstimmung wollte wirklich keine aufkommen.

„Was magst du trinken?", fragte er zuvorkommend, während sie sich bereits hingesetzt hatte. „Wein?", schlug er schüchtern vor.

„Oh ja, gerne! Das ist lieb von dir!", bedankte sie sich mit einem Augenaufschlag. Welch große, wunderschöne Augen sie hat, dachte Paul, riss sich schnell los und eilte zurück, um gleich darauf mit einer Flasche trockenem Weißwein und zwei Gläsern wieder zu erscheinen.

„Hmmm", Linda nippte genießerisch an ihrem Glas, „der passt perfekt zum Fisch, gut gewählt!"

Paul freute sich über das Lob und lehnte sich zufrieden zurück.

Es war bereits sehr spät, als sie wieder nach oben in ihr Zimmer gingen. Beide mit T-Shirt und Unterhose bekleidet, schlüpften sie müde in ihre Betten.

„Frohe Weihnachten, Paul und... danke!"

„Nichts zu danken! Dir auch Frohe Weihnachten! Schlaf gut..."

„Du auch!"

Paul nahm noch die angenehm kühlen Laken zur Kenntnis, dann fiel er in tiefen, traumlosen Schlaf.

Am nächsten Tag entschieden sich Linda und Paul fürs Faulenzen am Strand, sie lagen in der Sonne, lasen, unterhielten sich und wenn sie begannen zu schwitzen, tobten sie im Wasser. Als ein Einheimischer am Strand entlang lief, erstanden sie zwei Sonnenbrillen, jedoch erst nachdem sie albern kichernd die ulkigsten Modelle ausprobiert hatten.

Am dritten Tag einigten sie sich darauf, etwas miteinander zu unternehmen und beschlossen, den Palmitos Park auf der Insel zu besuchen. Deshalb standen sie nach dem ausgiebigen Frühstück zusammen mit ein paar anderen Gästen vor dem Hotel, wo gleich darauf ein Bus vorgefahren kam, um sie die relativ kurze Strecke hin zu bringen. In dem Bus befanden sich immer drei Sitzplätze nebeneinander, Paul überließ Linda großzügig den Fensterplatz und saß somit in der Mitte, als sich ein etwas älterer, beleibter Mann mit nur noch spärlichem Haarwuchs neben ihn setzte, obwohl reichlich Platz im Bus gewesen wäre. Paul musterte ihn verstohlen aus dem Augenwinkel: das bunt bedruckte Hawaii Hemd, die kurzen, farblich nicht dazu passenden Shorts, die rot-weiß geringelten Socken, die in den abgetragenen Birkenstocksandalen steckten, und konnte sich ein Grinsen gerade so verkneifen. Kaum ging die Fahrt los, meinte Pauls Sitznachbar, er müsste Paul mit Unterhaltung die Zeit vertreiben und begann unablässig zu plappern, wobei Paul unangenehm berührt dessen Mundgeruch wahrnehmen musste. Der Mann erwartete gar nicht, dass Paul sich an dem Gespräch beteiligte, sondern führte eifrig seinen Monolog über Wetter, seine Eindrücke von der Insel und vom Essen.

Linda hatte die ganze Zeit demonstrativ ihr Gesicht zum Fenster gewandt und Paul nahm nur immer wieder ihr leises, unterdrücktes Kichern wahr.

Er war heilfroh, als der Bus endlich auf den Parkplatz fuhr und anhielt. Er schnellte regelrecht aus seiner Sitzposition hoch, um mit seinem Sitznachbarn nicht mehr auf

Augenhöhe sein zu müssen. Nach dem Aussteigen hakte er Linda rasch unter und zog sie schnellen Schrittes mit sich Richtung Kasse, sodass sie vor Pauls Busenfreund ankamen. Während des Laufens hatte Paul bereits sein Portemonnaie aus der Hosentasche gezogen und bezahlte gleich für sie beide den Eintritt, um Linda dann an der Hand zu nehmen und mit sich fort zu ziehen, an der nächsten Biegung bog er gleich ab.

Linda blieb abrupt stehen und prustete los: „Mein Gott Paul, manchmal ziehst dus aber wirklich an!" Sie bog sich vor Lachen und hielt sich den Bauch.

Paul rollte mit den Augen. „Schnell, komm, bevor der uns einholt!" Mittlerweile hatte Linda ihn aber angesteckt und so liefen sie nun unter Gelächter den Weg lang, der teilweise von Pflanzen gesäumt war, welche sie noch nie gesehen hatten, an manchen waren kleine Schilder mit den botanischen Bezeichnungen angebracht.

Sie bewunderten Flamingos und Affen und während sich Linda in die Papageien und in die Delphine verliebte, war Paul unterdessen von den Greifvögeln fasziniert.

Bis sie zurück zum Hotel kamen, waren beide sichtlich erschöpft und hatten sich einen leichten Sonnenbrand eingefangen. Linda verschwand kurz im Bad, um gleich darauf mit einer Flasche in der Hand zurückzukommen: „Schau mal, ich hab hier so eine Lotion eingepackt, die wird uns guttun! Setz dich, ich creme dich schnell ein."

Paul gehorchte und tatsächlich: die kühlende Lotion milderte gleich das Brennen auf seiner Haut, während Linda mit zarten Händen die Creme verteilte.

„So, jetzt du!"

Sie tauschten die Plätze und Paul gab etwas Lotion auf seine Hände und verrieb sie. Als er Linda damit eincremte, bewunderte er ihre langen schlanken, aber dennoch muskulösen Arme. Erfreut wurde er gewahr, dass ihr ein Schauer über den Körper lief, ließ sich aber nichts anmerken. Als er fertig war, räusperte er sich: „Nun, ich denke, wir können dann runter gehen zum Essen…"

„Ja, gute Idee, der Ausflug hat mich hungrig gemacht", lächelte sie und stand auf.

Wie im Flug vergingen die Tage und der letzte Tag, Silvester, brach an. Paul und Linda standen schon früher auf, um ihn entsprechend auskosten zu können.

„Was machen wir heute?", fragte Linda, als sie beim Frühstück saßen.

„Wir könnten zum Markt gehen, nach Andenken Ausschau halten und Weihnachtsgeschenke besorgen", schlug er vor.

„Au fein!" Sie klatschte begeistert in die Hände.

„Das dachte ich mir", grinste er, „typisch Frau! Ich habe mich am Empfang auch schon erkundigt, zum Markt sind es nur fünfzehn Minuten Fußweg."

Sie waren froh, einigermaßen früh dran zu sein, als sie die Straße lang liefen, da es schon recht heiß war. Gemütlich schlenderten sie über den Markt, der gar nicht so klein war und die verschiedensten Waren feilgeboten wurden, von Hühnern, Obst und Gemüse, bis hin zu Kleidung und Schuhen. Paul kaufte eine schicke Handtasche für seine Mutter, ein neues Portemonnaie für seinen Vater und dann noch ein Schmerzgel mit Aloe Vera, welches für beide zusammen gedacht war, während Linda für sich ein Kleid und ein paar Schuhe ergatterte. Sie zeigte ihm die Sachen nicht, sondern verstaute sie gleich in ihrer Tasche.

Den Nachmittag verbrachten sie am Strand, zum letzten Mal, stellten sie bedauernd fest. Beide wurden kurzzeitig von Melancholie erfasst, ging dieser schöne, erholsame Urlaub doch seinem Ende zu und Paul fragte sich im Stillen, ob das zusammen mit Ute auch so gewesen wäre…

„Komm", riss Paul sich los, „lass uns hoch gehen und fertig machen für die Silvesterparty."

Er streckte Linda die Hand hin und zog sie hoch, sie schnappten noch ihre Handtücher und begaben sich aufs Zimmer, wo sie nacheinander ausgiebig duschten, um ihren Körper vom Sand zu befreien und abzukühlen. Paul war als erstes gegangen, sodass Linda nicht das Gefühl hatte, sich abhetzen zu müssen. Tatsächlich brauchte sie dieses mal länger, stellte Paul mit einem Blick auf die Uhr fest, sie war schon über eine Stunde drinnen, aber es bestand keine Eile und er überbrückte die Zeit dampfend auf dem Balkon zusammen mit einem Kreuzworträtselheft.

Darin vertieft schreckte er auf, als sie plötzlich hinter ihm stand: „Fertig!"

Sein Kopf schnellte herum und er sah ihr direkt in die Augen, er war wie ein offenes Buch für sie, als sein Blick von Erstaunen, dann zu Verwirrung und schließlich zu offener Bewunderung wechselte, bis sie schließlich meinte, sogar Zärtlichkeit darin zu lesen. Davon ermutigt strahlte sie ihn glücklich an und wagte einen verführerischen Augenaufschlag. Sie wollte nicht mehr, dass er in ihr den weiblichen Kumpel, sondern die Frau sah.

Sie registrierte zufrieden, wie er sich mit seinen langen, gebräunten Fingern nervös durchs Haar fuhr und berührte zart seine Schulter, sodass er ihre Wärme fühlte, die sich wie ein Kribbeln durch seinen Körper zog.

Schnell stand er auf: „Dann lass uns jetzt runtergehen." Er lief an ihr vorbei, öffnete ihr mit einer Verbeugung die Tür und sie schritt wie eine Königin lächelnd hindurch.

Paul blieb im Flur hinter ihr und betrachtete staunend ihren schlanken Körper, der in einem kurzen, eng anliegenden, im Rücken tief ausgeschnittenen Kleid aus einem tiefschwarzen, seidig glänzenden Stoff steckte, welcher sich wie ein Hauch von nichts an sie schmiegte. Ihre langen, braunen Locken hatte sie zu einer Hochsteckfrisur arrangiert, die mit einer silbern glitzernden Spange gehalten wurde und nur einzelnen Strähnen erlaubte, sich zu befreien. Ihre schmalen Füße steckten in silbernen High Heels und ließen ihre Beine noch länger erscheinen, als sie ohnehin waren. Die Aussicht auf makellose, leicht gebräunte Haut und ihren langen, zarten Nacken weckten in ihm das Bedürfnis, sie zu berühren. Dabei hatte er sie doch die ganze Woche über im Bikini gesehen, wollte er sich zur Ordnung rufen, dennoch, irgendwie war es… anders.

Als sie unten angekommen waren, wischte er sich schnell die kleinen Schweißperlen mit seinem Handrücken weg, die sich auf seiner Stirn gebildet hatten, bevor sie den festlich geschmückten Saal betraten. Überall brannten Kerzen, die Tische waren heute besonders fein eingedeckt, das Buffet bot nur vom Feinsten und eine Liveband untermalte das wunderschöne Ambiente.

Beim Essen wusste Paul nicht so recht, was er mit ihr reden sollte, immer wieder betrachtete er sie verstohlen. Zur Feier des Tages hatte sie sich dezent geschminkt und ihre Augen wirkten noch größer als sonst und ihre vollen Lippen schimmerten in einem zarten Rotton, der gut zu ihrem dunklen Haar und ihren dunklen Augen passte.

Schließlich legte Linda ihr Besteck beiseite: „Du, Paul", sie räusperte sich verlegen, „ich wollte es dir erst eigentlich nicht sagen, aber ich denke, du solltest es wissen." Sie zögerte kurz, fuhr dann aber fort: „Ute… sie ist damals an Weihnachten mit Bastian verschwunden. Es war nicht seine Schuld, sie hatte sich ihm regelrecht an den Hals geworfen! Ich sag es dir jetzt nur deshalb, damit du nicht denkst, du hättest alles falsch gemacht…"

Paul schluckte und starrte in die Flamme der Kerze auf dem Tisch.

So war das also! Deshalb hatte sie seine Anrufe nicht mehr entgegengenommen und deshalb hatte sie sich das Ende ihrer Beziehung so einfach gemacht! Er musste sie endgültig abhaken, es würde keine Zukunft mit Ute geben! Gedankenverloren strich er mit den Fingerspitzen über das feine Gewebe der Damastdecke, dann erinnerte er sich daran, dass er dafür eine bezaubernde, liebenswerte Begleitung am Tisch sitzen hatte.

„Komm, lass uns tanzen!" Er nahm Lindas Hand, die auf dem Tisch gelegen hatte, in seine und zog sie mit sich fort zur Tanzfläche. Sie tanzten den ganzen Abend miteinander und je weiter dieser Fortschritt, umso enger umschlungen tanzten sie und umso langsamer wurden ihre Bewegungen, bis Lindas Kopf an seine Schulter sank und er sie zärtlich wiegte. Seine Hände schienen auf ihrem Körper zu glühen und er begann, ihren Rücken zart mit seinem Daumen zu streicheln, sodass sie sich wohlig noch näher an ihn kuschelte. Wie ein schnurrendes Kätzchen, dachte Paul lächelnd und hauchte ihr einen Kuss aufs Haar, das verführerisch duftete. Krampfhaft bemühte er sich, eine Erektion zu vermeiden, während Lindas Unterleib durch die leichten Tanzbewegungen leicht an seinem rieb.

Kurz vor Mitternacht überreichten die Kellner jedem Gast ein gefülltes Sektglas und zusammen mit der Band zählten sie rückwärts, um bei Null miteinander anzustoßen und sich ein Frohes Neues Jahr zu wünschen. Nachdem sie getrunken hatten, wollte Linda ihm einen Kuss auf die Wange hauchen, doch diesmal tat er es, wie in seinem Traum, berauscht von Wein, von Sekt, von der Besonderheit dieses Abends, nahm er ihr Gesicht in seine Hände, näherte sich langsam ihren Lippen, die er zunächst ganz zärtlich nur berührte. Als sich die ihren bereitwillig öffneten, küsste er sie und dachte, er würde sich in ihr verlieren, nie wieder damit aufhören können. Sie gaben ihre Gläser ab, um nach oben zu gehen.

Bereits im gläsernen Fahrstuhl küssten sie sich leidenschaftlich und ihre Hände begannen bereits, den Körper des anderen zu erkunden. Linda stöhnte, als er mit seiner rechten Hand ihre Brust liebkoste, während seine linke ihren Po umfasste und sie an sich drückte.

Sie hatten kaum ihre Zimmertür geschlossen, als sie sich schon gegenseitig die Kleider vom Leib rissen, versunken im Feuer ihrer leidenschaftlichen Küsse, sie sanken auf eines der Betten und liebten sich, als gäbe es kein Morgen, leidenschaftlich und hart.

Beim zweiten Mal liebten sie sich langsamer, ließen sich endlos Zeit, wollten bis zum letzten Winkel den Körper des anderen erforschen und beim dritten Mal liebten sie sich lange und zärtlich…

Ganz anders als mit Ute, die ihn stets regelrecht überrollt hatte.

So musste es sein, dachte Paul, es fühlte sich so gut und richtig an.

 Es war bereits vier Uhr morgens, als sie schließlich schweißgebadet und eng umschlungen einschliefen. Als um sechs Uhr dann der Wecker klingelte, weil sie aufstehen mussten, um sich für die Abreise fertig zu machen, waren sie im ersten Moment ganz verwirrt.

„Guten Morgen", krächzte Linda, schlang die Decke um ihren Körper und stand auf. Sie drehte sich noch einmal um und warf ihm einen kurzen Blick zu, dann ging sie ins Bad und kurz darauf hörte Paul das Wasser der Dusche rauschen. Er überlegte, ob er wohl zu ihr unter die Dusche gehen könnte, musste dann aber feststellen, dass sie abgeschlossen hatte. Enttäuscht ging er zum Schrank und warf seine Sachen achtlos in den Koffer, den er offen auf den Boden gelegt hatte. Sollte dies etwa nur für eine Nacht gewesen sein? Aber sie war doch so anders…

Das Wasserplätschern hatte aufgehört und gleich darauf kam Linda heraus. „Das Bad ist jetzt frei", sagte sie nur und ging an ihm vorbei, um ebenfalls ihre Sachen zu packen. Sprachlos starrte er sie an, drehte sich dann um und ging ins Bad.

Sie checkten aus, Paul trug wieder beide Koffer, stiegen in den Transferbus, fuhren zum Flughafen, checkten ein, bestiegen den Flieger und die ganze Zeit redeten sie nur das Nötigste.

Nachdem sie gestartet waren, hätte Paul gerne ihre Hand gehalten, die sie jedoch in ihrem Schoß vergraben hatte. Er musterte sie verstohlen aus dem Augenwinkel, doch sie schien eine Maske zu tragen, es war ihm unmöglich zu erahnen, was in ihr vorging.

„Du…", wollte er zögerlich beginnen, doch gleichzeitig meinte sie: „Paul…"

Sie lachten, doch nicht so wie es die ganze Woche gewesen war, es war ein anderes Lachen, ein kurzes, gequältes. Linda ergriff das Wort: „Paul, das was heute Nacht geschehen ist, geschah wohl nur aus der romantischen Stimmung heraus. Wir hatten beide Lust dazu, doch nun fliegen wir wieder nach Hause, wo der Alltag uns wieder einholen wird. Ich mag dich wirklich sehr gern und du bist ein wunderbarer Freund und versteh mich nicht falsch, es war eine wunderschöne Nacht, aber…"

Paul konnte sie nur fassungslos anstarren, hatte er sich wirklich so sehr in ihr geirrt? Er dachte, sie wäre was Besonderes, ganz anders… Er fragte sich unversehens, was er falsch gemacht hätte, musste diesen Gedanken wieder verwerfen und sich zwingen zu akzeptieren, dass Linda nicht mehr wollte, nicht das, was er sich erhofft hatte.

„Okay…", stieß er hervor, mehr brachte er nicht zustande und so starrte er den Rest des Fluges wortlos auf die Kopflehne des Sitzes vor ihm.

In der Heimat angekommen, fuhr er Linda noch nach Hause, er stieg aus, um ihr mit dem Koffer zu helfen, den sie ihm aber aus der Hand nahm: „Das geht schon, danke Paul!" Für einen Moment flatterten ihre Augen und Paul hoffte, sie würde ihn zum Abschied küssen, doch sie verabschiedete sich nur, drehte sich um und ging davon. Er sah ihr nach, bis die Haustür ins Schloss gefallen war, dann setzte er sich wieder in seinen Wagen und fuhr nach Hause, noch nicht einmal sein Radio schaltete er ein.

 Zuhause angekommen stellte Paul seinen Koffer achtlos im Badezimmer ab, ging in die Küche, holte sich ein Bier aus dem Kühlschrank und setzte sich an seinen Küchentisch. Er stützte die Ellbogen auf dem Tisch auf und legte das Gesicht in seine Hände. So saß er da und bemühte sich verzweifelt darum, Klarheit in seine Gedanken zu bringen, doch er schaffte es nicht. Irgendwann hob er seinen Kopf, schüttelte ihn kurz, stand auf und ging wieder ins Badezimmer hinüber, wo er seinen Koffer öffnete, seine Schmutzwäsche in die Waschmaschine steckte, die er gleich einschaltete und räumte auch gleich seine Badutensilien wieder an ihren Platz. Er musste irgendetwas tun, das einer Ordnung entsprach, wenn er schon keine in sein Leben bringen konnte. Würde er die Frauen denn nie verstehen? Was um Gottes Willen hatte er jetzt schon wieder falsch gemacht? Schlurfenden Schrittes lief er wieder zur Küche, stellte das unberührte Bier zurück in den Kühlschrank, nahm seinen Dampfer und verließ die Wohnung. Seine Schritte wurden immer schneller bis er schließlich rannte, er erreichte den Park, dessen winterliche Schönheit ihn nicht berührte, er bemerkte noch nicht einmal, dass er keine Jacke übergezogen hatte, die Kälte vermochte nicht, zu ihm durchzudringen. Das einzige was er registrierte, war, dass seine Gedanken wild durcheinanderwirbelten, als fegte ein Tornado durch seinen Kopf.

Als es dunkel wurde, trat er den Rückweg an und als er sich in die Badewanne legte, bemerkte er erst, dass sein Körper völlig durchgefroren war. Das heiße Wasser fühlte sich wie kleine Nadelstiche auf seinem Körper an. *Reiß dich zusammen, Paul, du darfst nicht zulassen, dass die Weiber dich kaputtmachen!* Traurig tauchte er seinen Kopf unter Wasser. Den Rest der Woche hatte er noch frei, morgen würde er seine Eltern besuchen und ihnen ihre Geschenke bringen, ja, das war ein guter Plan, er musste zusehen, wie er Phase eins, nämlich die Verzweiflung, überbrückte.

Ein Unglück zieht meist das nächste nach sich. Als Paul am nächsten Vormittag, die Tüten mit seinen Geschenken in der Hand, Weihnachtsgeschenkpapier hatte er vergessen einzukaufen, vor seinem Elternhaus stand und klingelte, öffnete seine Mutter ihm die Tür. Doch statt sich zur freuen und ihm um den Hals zu fallen wie erwartet, stand sie wie angewurzelt und starrte ihn aus großen Augen an.

„Mama, was ist los?", fragte Paul auch gleich, weil er spürte, dass etwas passiert war. Schon füllten sich ihre Augen mit Tränen und sie schluchzte: „Oh Paul…", endlich fiel sie ihm um den Hals, „Max… er ist gestorben, während du weg warst!" Er ließ die Tüte fallen, um sie festzuhalten. „Oh Mama, das tut mir so leid!"

Er fühlte, wie ihm selbst die Tränen in die Augen stiegen, war Max doch sein Begleiter der letzten Jahre zu Hause gewesen, der ihn nie infrage gestellt hatte, immer für ihn da gewesen war, wenn er einen Freund brauchte. Wie würde er ihm fehlen, jedes Mal wenn er zu Besuch kam. Es war so normal gewesen, dass der Hund ihn begrüßte und er ihm dann die Ohren kraulte.

Nach einer Weile löste sich ihr Griff. „Komm rein, mein Junge." Mit gesenktem Kopf ging sie voraus.

Er hob die Tüte auf und folgte ihr nach drinnen. Da stand es, das leere Körbchen, in dem Max oft gelegen hatte und ihren Gesprächen gefolgt war. Jetzt war es leer und er kam nicht, um ihn willkommen zu heißen. Wenn Paul den Verlust noch nicht ganz begriffen hatte, so tat er es jetzt endgültig und zu seiner Verzweiflung gesellte sich tiefe Traurigkeit. Schweigend stellte er die Tüte auf den Tisch und packte sie aus. Sein Vater, der am Tisch saß, schaute ihm dabei zu und bemühte sich um normales Benehmen. Als Paul ihnen ihre Geschenke überreichte, versuchten sie ein Lächeln, bei dem man merkte, dass es ihnen schwer fiel. Sie bedankten sich halbherzig, dann tranken sie noch eine Tasse Kaffee miteinander. Immer wieder fielen dabei Ihre Blicke zu Max's Körbchen, doch keiner sagte mehr etwas.

Als Paul seine Tasse geleert hatte, verabschiedete er sich und fuhr wieder nach Hause. Dort legte er sich in sein Bett und zog die Decke über den Kopf. Draußen schneite es.

Am Abend, Gott sei Dank, klingelte es an seiner Haustür. Schnell hüpfte er aus dem Bett, fuhr sich rasch mit seinen Fingern durch sein zerzaustes Haar und öffnete. Aber es war nicht Linda, die da stand.

„Hallo Daniel, hallo Nico…"

„Hey Urlauber, wieder im Lande?"

„Falls du kein Bier zu Hause hast, wir haben welches mitgebracht."

„Schön braun bist du geworden!"

Schon standen die beiden in der Wohnung und Daniel hob zum Beweis den Sixpack hoch, während Nico schon in die Küche schlenderte und das Geräusch des Schubladenöffnens verriet, dass er bereits nach dem Flaschenöffner wühlte. Währenddessen bemerkte Daniel, dass es Paul nicht gut ging. Sie setzten sich an den Küchentisch und prosteten sich zu. Nach dem ersten Schluck erkundigte er sich auch schon: „Erzähl, wie war der Urlaub? Irgendwie siehst du nicht glücklich aus…"

Paul sank in sich zusammen und erzählte ihnen sein ganzes Dilemma. Sie hörten zu, ohne ihn zu unterbrechen. „Es war die fantastischste Nacht, die ich je hatte und ich dachte, sie mag mich…"

Als Paul geendet hatte, fühlte er, dass es ihm nun etwas besser ging, jetzt wo er nicht mehr alleine mit seinem Elend war. Betroffen betrachteten seine Freunde die Tischplatte, selbst sie waren sprachlos und wussten nicht, was sie ihm nun raten sollten. Aber sie waren für ihn da und dafür war Paul ihnen dankbar.

Sechs Wochen vergingen, ohne dass Paul etwas von Linda gesehen oder gehört hätte. Während dieser Zeit versuchte er verzweifelt, sich durch Arbeit abzulenken, aber wenn er alleine war, durchlebte er wieder die gemeinsame Zeit, die gemeinsame Nacht. Verzweifelt versuchte er herauszufinden, warum Linda die Beziehung, wenn man es so überhaupt nennen konnte, so abrupt abgebrochen hatte, ihnen gar keine Chance gegeben hatte. Was konnte sie dazu bewogen haben? Sie kannte ihn doch noch gar nicht richtig… Er würde die Frauen wohl nie verstehen! Seine Stimmung bestand nur noch aus Hochs und Tiefs, er fand kein Mittelmaß mehr. Jetzt, nach sechs Wochen, spürte er, dass Phase eins, Verzweiflung, sich dem Ende neigte und Phase zwei, Wut, begann. Er hatte in Phase eins keine Antworten bekommen, und die wollte er nun haben!

Nach Feierabend fuhr er einfach zu ihr hin, schlug entschlossen seine Autotür zu und klingelte direkt dreimal hintereinander. Als der Summer ertönte, stürmte er wie ein

Wirbelwind durch die Tür, nahm immer gleich zwei Stufen auf einmal, dann stand er vor ihr und merkte jetzt erst, dass er wieder mal überhaupt nicht nachgedacht hatte, gar nicht wusste, was er ihr eigentlich sagen wollte. Als sie so vor ihm stand und ihn mit ihren großen Augen anblickte, verpuffte seine Wut unversehens, sie standen da und schauten sich einfach nur an.

Irgendwann erwachte Linda aus ihrer Starre und bat ihn herein. Er ließ sich aufs Sofa fallen, Linda ging in die Küche und kam kurz darauf mit zwei Tassen Kaffee zurück, die sie auf den Tisch stellte, dann setzte sie sich ihm gegenüber. Wieder entstand eine peinliche Stille und wieder war es Linda, die diese unterbrach: „Wie geht es dir, Paul?"

Er schluckte: „Wies mir geht?!" Er hatte das Gefühl, sein Brustkorb würde von unsichtbarer Hand zusammengedrückt. Er krächzte: „Ehrlich gesagt, es geht mir beschissen! Und ich will jetzt wissen, warum du mich so abserviert hast! Was hab ich falsch gemacht? Warum hast du uns nicht die geringste Chance gegeben?"

Er beugte sich nach vorne und stützte die Ellbogen auf seine Knie, sodass er ihr näher war. Linda seufzte, sie sah ihm an, dass er ohne Antwort nicht mehr gehen würde. Leise begann sie zu sprechen: „Du hattest die Trennung mit Ute gerade erst hinter dir und du hattest sie noch nicht verwunden, das habe ich im Urlaub immer wieder spüren können... dass du immer wieder an sie gedacht hast. Und dann hatte ich dir gerade erst offenbart, dass sie damals an der Weihnachtsfeier mit Bastian auf und davon ist..."

Wieder entstand eine Pause und Paul hatte nicht das Gefühl, dass Linda mehr zu sagen hatte, deshalb stieß er hervor: „Und jetzt denkst du, du wärst nur ein Lückenfüller gewesen, oder was?"

„Wie könntest du so kurz nach der Trennung von Ute, die du geliebt hast, schon wieder für jemand anders etwas empfinden?" Sie senkte den Kopf, ihre Locken fielen nach vorne und berührten ihre Knie.
Paul stürzte erneut ins Gefühlschaos, hatte er Ute geliebt? Er konnte diese Frage nicht beantworten, er war viel zu durcheinander.
Linda spürte seine Unsicherheit, als er fragte: „Kannst du uns beiden nicht wenigstens eine Chance geben?"

Da hob Linda den Kopf, er blickte ihr ins Gesicht und sah, dass es tränenüberströmt war und ganz rot, sie sauste aus ihrem Sessel und schrie ihn an: „Nein! Geh jetzt! Verschwinde!" Sie trat an den Tisch, der daraufhin so wackelte, dass eine der Tassen umfiel.

Paul stutzte, war von ihrer Reaktion völlig vor den Kopf gestoßen, was hatte er jetzt bloß wieder falsch gemacht? Völlig verstört sah er zu, wie der Kaffee ein Rinnsal bis zur Tischkante bildete und von dort herunter auf den Teppich tropfte. Er erhob sich langsam und ging zur Tür, dort drehte er sich noch einmal um, doch Linda starrte aus dem Fenster, sie hatte ihm wohl nichts mehr zu sagen.

Sie stand noch dort, als Paul zu seinem Auto lief, betrachtete noch einmal seine breiten Schultern, die nun traurig herabhingen, seinen Hinterkopf mit seinem wuscheligen, braunen Haar, das mal wieder zu lang war, beobachtete, wie er in sein Auto stieg, die Tür nicht richtig zuzog, sie nochmals öffnete, fester zuschlug, zwei Minuten sitzen blieb und aufs Lenkrad starrte, dann den Schlüssel umdrehte und wegfuhr.

Sie sank auf die Knie, schlug die Hände vors Gesicht und weinte.

 Paul sah nun ein, dass es vorbei war. Seine Gefühle für Linda konnte er nicht wegzaubern, aber das Thema Beziehung schloss er ab. Er verbrachte so viel Zeit wie möglich mit seinen Freunden, Daniels Erdgeschoss war gemauert und irgendwie war der Anblick für ihn tröstlich, eine Arbeit verrichtet zu haben, von der man etwas sah, die etwas Bleibendes darstellte.

Daniel und Nico waren sich seines Zustands bewusst und egal, wie ihre Freizeit verplant war: Paul war immer dabei! Daniel nahm ihn mit auf Familienfeste, Nico schaute öfter als sonst bei ihm vorbei… kurzum: sie taten, was sie konnten, um ihn von seinem Elend abzulenken und wurden es nicht müde, sein Gejammer anzuhören, wenn er gerade wieder sein Tief hatte.

Paul versuchte zu vergessen, ganz wollte es ihm nicht gelingen, in den Nächten, die er alleine verbrachte, fühlte er sie, fühlte ihre Nähe, fühlte ihre Wärme, ihren Körper, zerfloss in seiner Sehnsucht nach ihr und… es tat weh! Phase drei: Schmerz.


Ein viertel Jahr war vergangen, seit er Linda zum letzten Mal besucht hatte, aber der Schmerz wurde nicht weniger und Paul begann sich zu fragen, wie es so lange so wehtun konnte? Es gab nur eine Erklärung, die ihm dazu einfiel: Er hatte sich verliebt!

Die Trennung von Ute hatte ihm einen Stich versetzt, seinen Stolz, seine Eitelkeit verletzt. Das jetzt war ganz anders…

Er begann in sich zu gehen, seine Gefühle zu erkunden und seine Gedanken wurden ruhiger, je besser er seine eigenen Gefühle verstand.

Schließlich suchte er das Gespräch mit seinen Freunden, teilte ihnen seine Erkenntnisse mit, während sie im Bauwagen eine kurze Pause machten.

„Wenn du sie wirklich liebst…", überlegte Daniel, „dann musst du um sie kämpfen!", beendete Nico den Satz.

„Ja, wenigstens einmal solltest du es noch versuchen, selbst wenn es nicht klappt, vielleicht kannst du danach endlich zur Ruhe kommen."

Weise Ratschläge, schwer zu befolgen.

„Was soll ich also tun?" Paul hob kurz den Bau Helm an und kratzte sich am Kopf.

„Fahr heut Abend noch mal zu ihr."

„Und nimm einen Strauß Blumen mit, das kommt immer gut."

„Lass deinen Charme spielen."

Die beiden grinsten anzüglich. Als ob das so einfach wäre, dachte Paul nur, sagte aber nichts mehr, bis sie sich später an ihren Autos verabschiedeten: „Ich kann das nicht!" Er stieg in sein Auto und fuhr davon. Nein, er konnte das nicht nochmal, zu groß war die Angst, wieder abgewiesen zu werden.

Stattdessen beschloss er, zum Dampferladen zu fahren, weil sein Liquid fürs Wochenende nicht mehr reichen würde. Doch als er den Laden betrat, traf ihn fast der Schlag! *Gibt es sowas wie Schicksal?*

Da stand sie, Linda, mit dem Rücken zu ihm, an der Probiertheke mit einem Verkäufer: „Hier, von diesem Pfirsichgeschmack würde ich gerne eine Flasche mitnehmen", hörte er sie sagen.

„Etwas süßes für die Süße!", versuchte der Verkäufer sie mit einem dämlichen Grinsen an zu flirten. *Arschloch,* dachte Paul und brauchte alles, um das Wort nicht auszusprechen.

Er überlegte gerade, den Laden unauffällig wieder zu verlassen, doch in diesem Moment drehte sie sich zur Seite, sah ihn aus dem Augenwinkel und für einen Moment spiegelte sich in ihrem Gesicht das gesamte Spektrum ihrer Gefühle. Innerhalb von zwei Sekunden konnte Paul Schrecken, Verlegenheit und Verschwindenwollen wahrnehmen, aber da war noch etwas…

Er nahm all seinen Mut zusammen und machte einen Schritt auf sie zu, öffnete seinen Mund, um etwas zu sagen, als ihm etwas auffiel: „Du hast zugenommen!" Im nächsten Moment hätte er sich in den Hintern treten können, musste er immer so ehrlich sein, konnte er nicht einfach *einmal* seinen Mund halten? So eine Taktlosigkeit, jetzt hatte er wieder alles versaut! Als ob sie das nicht selber wüsste!

Er schloss die Augen und biss die Zähne zusammen, rechnete damit, dass sie ihm eine reinhauen würde und dann an ihm vorbei hinaus stürmen würde, doch es passierte… nichts! Er blinzelte mit einem Auge, sie stand immer noch vor ihm und als er sie dann öffnete sah er, dass ihr eine einzelne Träne die Wange herunterrollte.

„Es tut mir leid, es tut mir so leid! Bitte, entschuldige…" Er wusste nicht, was er sonst hätte sagen sollen. Sie stand da, schaute ihm einfach nur in die Augen und sagte nichts, ließ ihm Zeit, sich zu fassen. Seine Kehle fühlte sich so trocken an, als hätte er das Schleifpapier auf Daniels Baustelle geschluckt. *Alter, reiß dich zusammen, das ist vielleicht deine letzte Chance!*

„Bitte, Linda, darf ich dich zum Essen einladen? Zu unserem kleinen Italiener?" *Mist! Nächster Fehler! Jetzt hab ich schon von unserem Italiener gesprochen, diese Vertrautheit schreckt sie jetzt wahrscheinlich gleich wieder so ab, dass es das dann war.*

Paul ließ seinen Kopf sinken und steckte seine Hände in die Hosentaschen. So stand er vor ihr, jeglicher Hoffnung beraubt und konnte ihren Anblick nicht mehr ertragen, so sehr schmerzte er.

Da fühlte er, wie ihre Hand seinen Arm berührte und sie flüsterte: „Dann lass uns gehen, ich bin hungrig."

Er sah auf und sah eine zweite Träne ihre Wange herabrollen.

„Hallo!", wurde sie von dem Verkäufer angerufen, der erwartungsvoll ihr Tütchen mit dem Liquid hochhielt, das anzügliche Lächeln war ihm vergangen, stellte Paul schadenfroh fest. Linda wischte sich kurz mit dem Handrücken übers Gesicht, ging zur Kasse und bezahlte.

Schweigend liefen sie nebeneinander, mit den Händen in den Jackentaschen, zu dem kleinen Italiener, wo sie vom Kellner freudig begrüßt wurden: „Meine Freunde, wie geht es meinen Turteltäubchen?", empfing er sie, wobei er das „R" regelrecht rollte.

„Danke, gut!", rettete Linda die Situation. „Wir haben Hunger", sie zwinkerte ihm zu und der Kellner legte ihr vertraut die Hand auf den Rücken, „dann komm, Bella", und führte sie an einen freien Tisch. Paul folgte etwas eifersüchtig, obwohl ihm sein Verstand sagte, dass der Italiener schon von Berufs wegen flirtete.

„Den gleichen Wein wie letztes Mal?", fragte er zuvorkommend, nachdem sie sich gesetzt hatten.

„Gerne!", sagte Paul.

„Für mich bitte Wasser", antwortete Linda.

*Hat sie etwa Angst, mir unter Alkoholeinfluss nicht widerstehen zu können?* Sie bestellten auch gleich das Essen: „Eine mittlere Pizza Diavolo, bitte", bestellte Paul.

„Eine Tomatensuppe, dann eine große Pizza Hawaii mit Sardellen und dazu bitte einen Beilagen Salat", orderte Linda.

Sie bemerkte Pauls erstaunten Blick, nachdem der Kellner hinter der Theke verschwunden war. Sie errötete leicht und sagte: „Entschuldige, aber ich habe großen Hunger!"

*Und das wohl öfter*, dachte Paul, war diesmal aber so schlau, sich die Bemerkung zu verkneifen.

Die Getränke kamen, dieses Mal stießen sie nicht miteinander an, jeder nahm schweigend einen Schluck aus seinem Glas. Aber dann galt es, die Zeit bis zum Essen zu überbrücken.

„Wie geht es dir, Linda?" So, Anfang gemacht, eine bessere Einleitung wollte ihm nicht einfallen.

„Es geht so…", antwortete sie mit gesenktem Kopf. Sie wusste wohl auch nicht so recht, was sie sagen sollte, konnte ihn scheinbar noch nicht einmal anschauen. Oh je, das würde ein langes Essen werden…

Wieder saßen sie sich schweigend gegenüber und weil um diese Uhrzeit noch nicht viel los war, wurde zu allem Elend auch schon das Essen serviert. Sie aßen, ohne ein Wort zu sprechen, jeder auf seinen Teller konzentriert. Paul überlegte fieberhaft, was er mit ihr reden könnte, irgendetwas Unverfängliches. Aber es wollte ihm nichts einfallen, stattdessen sah er vor seinem geistigen Auge immer wieder den Kaffee vom Tisch auf den Boden tropfen. Der einzige Trost war, dass es Linda wohl ähnlich erging. Schon waren die Teller leer, Linda hatte tatsächlich alles, was sie bestellt hatte, verputzt. Der Kellner kam, um abzuräumen: „Nachspeise, meine Turteltäubchen?"

*Kann der das nicht mal lassen?!*

„Nein, heute nicht", lehnte Paul ab, sein Blick streifte Linda, die wieder nur mit gesenktem Kopf dasaß.

„Gut, dann bring ich euch jetzt den Amaretto."

„Für mich nicht!"

„Für die Dame lieber eine Espresso?", dieser italienische Akzent hatte schon etwas, dachte Paul.

„Oh ja, gerne", lächelte sie den Kellner auch prompt an, der eine kleine Verbeugung andeutete und wieder hinter der Theke verschwand.

*Der Countdown läuft,* versuchte Paul sich klarzumachen, er räusperte sich sogar, doch seine Lippen blieben weiterhin verschlossen. Linda musterte ihn kurz, betrachtete dann aber konzentriert das Bild an der Wand, ein mediterranes Stillleben.

„So, den Amaretto für den Herrn, den Espresso für die Dame."

„Ich zahle auch gleich." Paul gab auf. Linda holte ihre Geldbörse aus ihrer Tasche, doch er bestand darauf sie einzuladen und mit einem geflüsterten „danke" steckte sie ihn wieder ein. Paul stürzte seinen Amaretto hinunter, Linda brauchte nur unwesentlich länger für ihren Espresso. Gleichzeitig standen sie auf, Paul nahm ihren Mantel von der Garderobe und half ihr hinein, was sie mit einem Lächeln quittierte.

*Nein*, beschloss Paul, *so kann es nicht enden, das kann nicht alles gewesen sein!*

„Kleiner Verdauungsspaziergang im Park?", schlug er deshalb vor. Sie neigte leicht den Kopf zur Zustimmung.

Draußen war es angenehm warm, keine romantischen Schneeflöckchen, stattdessen schien die Sonne und leichter Wind durchwehte ihr Haar.

*Ich muss mit ihr reden!*

Sie streiften schon eine Weile durch den Park und waren an dem kleinen See angelangt, wo sie sich auf die Bank setzten, von der aus man bis zum gegenüberliegenden Ufer sehen konnte, welches von einer Baumreihe abgegrenzt war. Enten und Schwäne tummelten sich munter auf dem See, doch jetzt wollte keine Freude über das Getümmel aufkommen, ihm erschien alles trostlos, so wie sein Leben. Er hätte gerne ihre Hand genommen, traute sich aber nicht.

Plötzlich bekam er Wut auf sich selbst, *Schluss jetzt mit den Kindereien!*

„Du, ich muss mit dir reden, nur noch einmal, ich muss dir etwas sagen!"

Linda sah ihn von der Seite an, ihre Augen waren erwartungsvoll auf seine Lippen gerichtet.

*Also möchte sie, dass ich mit ihr rede*, folgerte Paul, *so, jetzt tu ich es einfach, ganz gleich was danach passiert, egal, ob ich abgewiesen werde, aber dann hab ich es wenigstens versucht!*

Ein letztes Schlucken: „Linda, was immer du auch denken magst, du warst für mich nie ein Lückenfüller oder ein

Ersatz für Ute", seine Stimme ging zu einem Flüstern über, „ich liebe dich!"

So, nun war es draußen! Er wagte nicht, sie anzusehen, sein Blick ruhte auf der Wasseroberfläche des Sees.

Da spürte er, wie sich eiskalte Finger unter seine Hand schoben, die auf seinem Oberschenkel lag.

„Ich dich auch, Paul!" Es war nur ein Flüstern, aber er hatte es genau gehört, sie hatte es gesagt! Sein Kopf schnellte zu ihr herum und er sah direkt in ihre großen, bernsteinfarbenen Augen und drohte in ihnen zu versinken.

„Ehrlich?!"

„Ja, ich liebe dich auch!" Ein leichtes Lächeln huschte über ihr Gesicht, doch plötzlich brach sie in Tränen aus und Paul schlang erschrocken seine Arme um sie. „Was ist denn, mein Liebling, warum weinst du denn jetzt?" *War das jetzt nicht eigentlich ein Augenblick zum glücklich sein? Aber vielleicht habe ich ja jetzt genug Zeit, wenigstens eine Frau verstehen zu lernen?!*

Linda schluchzte in seinen Armen und schien sich überhaupt nicht mehr zu beruhigen, hilflos streichelte er über ihr Haar. Noch nicht einmal ein Taschentuch konnte er ihr anbieten.

„Paul", sie zog die Nase hoch, weinte aber weiter, „ich muss dir was sagen!", holte ein Taschentuch aus ihrer Handtasche, „ich muss dir was sagen!", schnäuzte ihre Nase, konnte mit dem Weinen aber nicht aufhören und sprach mit brüchiger

Stimme weiter: „Ich… ich…", bekam jetzt auch noch einen Schluckauf, „bin schwanger!", versteckte ihr Gesicht hinter dem Taschentuch. Paul war sprachlos!

Deshalb hatte sie also so viel Hunger, deshalb hatte sie zugenommen, wenn das Kind nun von ihm war, wovon er jetzt ausgehen musste, denn sonst hätte sie es ihm nicht sagen müssen, dann war sie jetzt… Paul rechnete… im fünften Monat?! Vorsichtig tastete er sich nach vorn: „Aber das ist doch wundervoll!"

Bestünde die Möglichkeit, dass das Baby nicht von ihm wäre, so würde Linda es ihm spätestens jetzt sagen, da war er sich sicher!

„Ja? Findest du?", schniefte sie mit dünner Stimme und betrachtete ihn forschend. Paul starrte sie an und dachte, wie winzig sie in diesem Moment aussah, wie sie da neben ihm saß und plötzlich kochte ein Glücksgefühl in ihm hoch, wie er es noch nie erlebt hatte! Er sprang von der Bank, packte sie mit beiden Händen in der Taille, hob sie in die Luft und drückte sie an sich. Sie umschlang ihn fest mit Armen und Beinen, sie versanken in einem endlosen Kuss und sie weinte noch mehr als vorher, doch waren es jetzt Tränen des Glücks.

„Wusstest du es schon, als ich das letzte Mal bei dir gewesen war?", fragte Paul. Eng aneinandergeschmiegt lagen sie im Bett in Lindas Wohnung. Sie zögerte kurz, sagte dann aber: „Ja, da wusste ich es schon."

„Aber warum hast du mich dann davongejagt?"

„Weil ich nicht wusste, was du für mich fühlst! Sei ehrlich Paul, du wusstest es doch selbst nicht. Erst als wir uns in dem Laden trafen, konnte ich dir ansehen, was du empfindest und mich dazu entscheiden, es dir zu sagen. Es hätte doch damals keinen Sinn gemacht, du hättest dich doch nur wegen des Kindes an mich gebunden gefühlt, das war genau das, was ich nicht hätte haben wollen!"

Paul dachte nach, vielleicht hatte sie Recht, zu diesem Zeitpunkt war er wirklich noch sehr durcheinander gewesen, hatte sich erst selbst über seine Gefühle klar werden müssen. „Aber jetzt wird alles gut, versprochen?" Er küsste sie zärtlich auf die Nasenspitze. „Ja, jetzt wird alles gut", versicherte sie ihm und zog ihn zärtlich an sich, was in ihm sofort eine Reaktion auslöste. „Wie ist denn das eigentlich, während der Schwangerschaft…?"

„Kein Problem!" Sie lächelte ihn an und kam ihm entgegen…

Die Unterhaltung setzte sich erst fort, als sie zusammen beim Frühstück saßen: „Linda, meinst du nicht, wir sollten zusammenziehen?"

Die Frage kam völlig unvermittelt und Linda zog überrumpelt die Augenbrauen nach oben.

„Naja, ich meine, wie soll das Kind denn nachher mit Nachnamen heißen? Wir werden eine Familie sein, wir sollten uns Gedanken über die Zukunft machen…"

„Ach Paul, das Kind kommt so oder so auf die Welt, ganz gleichgültig wie es heißt", grinste sie.

„Aber mir ist es nicht egal!" Langsam glitt er von seinem Stuhl herunter auf die Knie und nahm ihre Hände in die seinen: „Bitte Linda, heirate mich!"

Mit weit aufgerissenen Augen musterte sie ihn skeptisch, bis sie endlich antwortete: „Nee Paul, sorry, das geht mir jetzt zu schnell! Lass es uns bitte langsam angehen, unabhängig von dem Kind, ich will nichts überstürzen!"

Mist! Er hätte gedacht, dass sie es von ihm erwarten würde, schließlich war sie eine anständige, konventionelle Frau… wie peinlich! Wie sollte er jetzt reagieren? So langsam, wie er auf die Knie gegangen war, stand er nun wieder auf und setzte sich zurück auf seinen Stuhl.

„Jetzt sei bitte nicht böse, alles zu seiner Zeit, das hat meine Großmutter schon immer gesagt. Das heißt doch nicht, dass ich nicht mit dir zusammen sein will, aber wir müssen doch nicht alles gleichzeitig tun!" Sie streichelte seine Hand und betrachtete ihn mit liebevollem Blick: „Es reicht doch für den Anfang, dass wir uns lieben, allein die Schwangerschaft ist doch schon ein zu großer Schritt, aber jetzt ist es nun mal so und ich freue mich ja auch drauf. Ich finde einfach, unsere Beziehung ist zu jung, um wie beim Sackhüpfen gleich alle Schritte auf einmal machen zu wollen."

Paul schluckte: „Wie du meinst…"

Sie schlang ihre Finger um seine. „Entschuldige mich kurz, bitte, ich muss mal schnell für kleine Mädchen…" Sie ging hinüber ins Badezimmer. Paul stand auf und lief ein paar Mal um den Küchentisch herum, ging hinüber ins Wohnzimmer, wo er ebenfalls auf und ab lief und keinen klaren Gedanken fassen konnte. Schließlich machte er Halt an dem kleinen Schränkchen, auf dem ein kleiner Kalender stand, es war einer dieser kleinen Sprüche Kalender und er las den aufgeschlagenen Text:

*Wenn Ameisen und Frauen in Eile sind, droht immer ein Erdbeben.*

*Konfuzius (551 - 479 v. Chr.)*

„Na toll", brummte er. Er nahm den Kalender in die Hand und schaute sich den Einband an: 365 Tage…

Plötzlich schlang Linda ihm die Arme von hinten um die Taille, er hatte sie gar nicht kommen gehört: „ich hab mir einen Kompromiss überlegt, machen wir Halbe-Halbe!" Er wandte sich zu ihr um und schaute sie an, sie grinste frech, sodass sich in ihren Wangen diese süßen Grübchen bildeten, er konnte nicht anders, als diesen süßen Mund zu küssen, dann fragte er: „Und was stellst du dir vor?"

„Lass uns zusammenziehen, es wäre nicht fair, wenn du dein Kind nur auf Besuch sehen könntest. Aber das mit dem heiraten hat wirklich noch Zeit." Sie strich ihm das Haar aus dem Gesicht. „Ach, zeig mal her, was steht denn für heute auf meinem Kalender? Sie las den Spruch und lachte: „Passt doch!"

„Gibst du da was drauf?"

„Ähm… nun ja, ich habe jedes Jahr so einen Kalender, lese jeden Morgen den Spruch des Tages und versuche ihn dann an diesem Tag umzusetzen."

„Und das funktioniert?"

„Eigentlich schon, es hat mir schon oft weitergeholfen, mich beruhigt oder gute Dinge tun lassen, die ich sonst vielleicht nicht getan hätte, weil der Spruch mich erst dazu inspirierte…"

„Aha."

„Komm, lass uns noch einen Kaffee trinken."

Daniels Rohbau stand mittlerweile und momentan konnten seine Freunde ihm nicht viel weiterhelfen, stattdessen kamen sich Elektriker, Heizungsbauer und Zimmermann in die Quere, aber es ging ganz gut voran und Daniel hoffte schon, vielleicht das nächste Weihnachten bereits in seinem Haus verbringen zu können. Nico, Paul und Linda begleiteten ihn jedoch jeden Samstag zur Baubesichtigung, um die Fortschritte entsprechend zu würdigen.

Dafür fiel zwischendurch eine andere Arbeit an: Daniel und Nico halfen nun Paul beim Umzug. Die Wohnung war gekündigt und jetzt galt es, seine Sachen zu Linda zu schaffen. Sie hatten sich dafür entschieden, zusammen in ihrer Wohnung zu wohnen, denn erstens war ihre größer, sie hatte drei Zimmer, während Pauls Wohnung nur zwei Zimmer bot und für das Kind wäre es auf dem Land sicherlich schöner und ruhiger als in der Stadt, während Paul ja an einer viel befahrenen Straße wohnte.

Paul hatte so einen Van gemietet, der auf allen Seiten beschriftet war mit „Miete mich, 25 € pro Tag".

Obwohl sie kurze Hosen und T-Shirts trugen, schwitzten sie doch ganz schön, es war zwar erst Juni, aber ausgerechnet heute war es sehr heiß. Als sie mit ihrer ersten Ladung vor Lindas Haus hielten, warteten Erik und Pauls Vater bereits unten auf der Straße, um ihnen beim Hochtragen behilflich zu sein. So stiegen sie nacheinander, mit den ersten Kartons beladen, nach oben, die Türen standen bereits offen.

„Ooooh, ich rieche Kaffee!" Nico stellte seinen Karton im Wohnzimmer ab, zog das Gummi in seinem Haar fester, weil es etwas heruntergerutscht war und rückte seine Brille zurecht.

„Da riechst du ganz richtig!", lachte Linda. Pauls Mutter kicherte: „Kommt rein, Jungs! In der Küche steht eine Platte mit belegten Brötchen und frischer Kaffee, ach, und alkoholfreies Bier haben wir auch kalt gelegt." Paul rollte mit den Augen, alkoholfreies Bier…

„Na hör mal", oh je, sie hatte es gesehen, „bei dieser Hitze könnt ihr unmöglich Alkohol trinken!"

Versöhnlich ging er zu ihr hinüber und drückte ihr einen Schmatzer auf die Wange: „Wieso bist du überhaupt hier, Mama?"

„Ja denkst du denn, es wäre damit getan, einfach deine Sachen hierher zu schaffen? Ich helfe Linda natürlich dabei, die Schränke auszuwischen, auszupacken und aufzuräumen. Ich werde sie damit doch nicht allein lassen!" Jetzt war es Linda, die die Augen rollte, nur hatte sie das Glück, hinter ihr zu stehen.

Am Anfang waren seine Eltern von Pauls neuer Situation nicht gerade begeistert gewesen, schließlich hatten sie Linda noch nicht einmal gekannt, so kurz waren sie nur zusammen und dann war sie schon schwanger, natürlich hätten sie sich, vor allem seine Mutter, das alles anders gewünscht... Doch als sie Linda näher kennengelernt hatten, lernten sie sie lieben, was ja nun auch wirklich nicht schwierig war. Dazu kam, dass sie sich unbändig auf ihr Enkelkind freuten!

Linda und Pauls Eltern setzten sich auf die Küchenstühle, während er, Daniel und Nico auf der Arbeitsplatte Platz nahmen, jeder ein Brötchen in der Hand und eine Tasse Kaffee neben sich. Lindas Bauch war mittlerweile so mächtig, dass sie ihre Kaffeetasse darauf abstellen konnte und damit für Gelächter sorgte.

„Wann ist es denn nun soweit?", wollte Daniel wissen.

„Der Termin ist am dreiundzwanzigsten September ", antworteten Linda, Paul und seine Mutter gleichzeitig, sodass die nächste Lachsalve ausbrach.

„Na dann hast dus ja bald geschafft!"

„Das wird auch Zeit!" Linda hielt sich den Rücken, um ihre Aussage zu unterstreichen.

Nach Beendigung des Frühstücks fuhren die drei gleich wieder los, um die letzte Fuhre zu holen. Der Van wurde nur noch halb voll, dann war die Wohnung leer. Paul hatte, nachdem sie beschlossen hatten zusammenzuziehen, bereits damit begonnen, alles, was er eigentlich nicht mehr brauchte oder sie doppelt haben würden auszumisten oder zu verschenken. Daniel schloss die Türen des Fahrzeugs und stieg ein, als Paul rief: „Nur einen kurzen Moment, ich muss noch mal schnell nach oben."

„Kannst dus nicht halten, bis wir bei Linda sind?"

„Nee, ist dringend!" Er war schon an der Haustür.

„Lass ihn", meinte Nico und lächelte wissend.

Paul stieg noch einmal die Treppe nach oben, steckte etwas wehmütig zum letzten Mal den Schlüssel ins Schloss, langsam ging er nochmals durch die nun leere Wohnung, in der er doch einige Jahre seines Lebens verbracht hatte, er musste sich einfach noch alleine verabschieden. Als er zum Schluss wieder im Flur angelangt war, atmete er tief durch: „Dann machs gut, Junggesellenleben!", dann grinste er, „machs gut, Mikrowellenfraß!"

Und zum letzten Mal warf er die Tür hinter sich zu.

Nachdem sie Pauls restliche Habe in Lindas, beziehungsweise jetzt auch Pauls Wohnung, gebracht hatten, verabschiedeten sich Nico und Daniel mit Handschlag von ihm: „Einer für alle, alle für einen!"

Pauls Eltern blieben noch, sein Vater half ihm beim Möbelrücken und die Kartons in die richtigen Zimmer zu verteilen, während seine Mutter Linda zur Hand ging. Es war schon später Nachmittag, bis das Gröbste getan war und auch seine Eltern sich zum Gehen wandten. Linda und Paul bedankten sich überschwänglich für ihre Hilfe.

„Ach", winkte seine Mutter ab, „das haben wir doch gern gemacht! Aber jetzt kann ich nicht mehr, die Couch ruft!" Mit einem Zwinkern gingen sie und das junge Glück war endlich alleine. „Ich weiß ja nicht, wies dir geht, aber ich habe einen Bärenhunger!" Linda wischte mit dem Handrücken über ihre Stirn und hinterließ dabei einen schwarzen Schmutzstreifen. Paul grinste, machte sie aber nicht darauf aufmerksam. „Ich bestelle uns Pizza!"

„Gute Idee!"

Paul telefonierte, er brauchte Linda nicht mehr zu fragen, was sie wollte, sie war bei ihrer Pizza Hawaii mit Sardellen geblieben und er fragte sich, ob sie das nach der Schwangerschaft auch noch essen würde.

Er ließ sich neben ihr auf dem Boden nieder, weil die Couch mit allem möglichen belagert war und legte seinen Arm um ihre Schultern: „Ich bin sehr glücklich!", raunte er ihr ins Ohr, „und ich freu mich wahnsinnig auf unser neues, gemeinsames Leben!"

Sie lächelte und führte seine Hand auf ihren Bauch: „Fühl mal, er tritt!"

Und er fühlte es, wie ein kleines Erdbeben, sah, wie ihre Bauchdecke eine kleine Welle schlug.

„Ja", flüsterte er, mit dem Mund an ihrem Bauch, „auf dich freue ich mich am allermeisten!" Er schob ihr Shirt nach oben und küsste ihren Bauch, den er vorsichtig streichelte und eine Woge der Zärtlichkeit überkam ihn, die von seinem ganzen Körper Besitz ergriff. Linda löste ihn aus seiner Ergriffenheit, indem sie kicherte. „Schau mal, was heute auf meinem Kalender steht!" Paul hob den Kopf und schaute hoch zum Kalender auf dem kleinen Schränkchen:

*Freunde spenden nicht nur Worte, sie helfen vor allem durch Taten.*

*Peter Sereinigg (\*1955)*

Glücklich und zufrieden aßen Linda und Paul ihre Pizza auf dem Boden sitzend. Paul klaubte gerade die Kartons zusammen, um sie in den Müll zu bringen, als Lindas Handy klingelte.

„Wer will denn jetzt noch was, um diese Uhrzeit?" Ungelenk fischte sie ihr Handy aus der Hosentasche und nahm das Gespräch an. „Ja?" Pause, dann: „Ich komme!" Ächzend stand sie vom Boden auf, steckte ihr Handy zurück in ihre Hosentasche. „Du, ich muss runter zu Erik, er braucht jemanden zum Reden."

„Ich komme mit", bot Paul an.

„Nein, ich geh alleine!"

Bevor Paul noch etwas sagen konnte, war sie auch schon aus der Tür und zog sie von außen zu. Verdattert stand er da und sah ihr nach. Was sollte das denn?! Was wollte Erik von ihr? Und wieso konnte er nicht mitkommen? Kopfschüttelnd entsorgte er den Müll und spülte das Besteck und die Gläser. Misstrauen begann der Verwirrung Platz zu machen. Er erinnerte sich an die Weihnachtsfeier: Linda bei Erik eingehängt, Linda und Erik ganz vertraut. Er hatte es verdrängt gehabt. Linda und Erik waren zusammen gewesen!

Was hatten sie zu reden, nun, da sie mit ihm zusammen war? Wollte Erik sie zurückhaben? Hatte er nun, da Linda in einer festen Beziehung war gemerkt, dass er doch mehr für sie empfand? Oh mein Gott, wollte Erik nun der Vater für *sein* Kind sein?! Er fühlte, wie eine Gänsehaut über seinen Rücken strich und sich seine Nackenhärchen aufrichteten. Was sollte er jetzt tun? Was konnte er tun?

Paul hätte versuchen können, sich abzulenken, damit anfangen, all die Dinge aufzuräumen, die noch herumlagen, aber er konnte es nicht. Eine Stunde verging, in der Paul nichts anderes tat, als im Wohnzimmer auf und ab zu laufen. Sollte er einfach runter gehen und Eriks Bude stürmen? In den buntesten Farben begann er sich auszumalen, was die beiden da unten wohl taten, direkt unter seinen Füßen. Nein, einfach runter gehen wollte er nicht, sie wollte nicht, dass er dabei war, sein Stolz ließ es nicht zu. Er nahm sein Handy und schickte ihr eine SMS: *Wo bleibst du? Was ist denn los?*

Er setzte sich auf die Couch, das Handy in der Hand und wartete auf den vertrauten Piepton, der den Eingang einer Nachricht verkündete. Er wartete und wartete. Zehn

Minuten. Nichts! Dann nochmal: *Hallo?! Was will er denn? Kann ich helfen?*

Zehn Minuten, lange zehn Minuten, nichts!

Paul biss sich auf die Unterlippe. Er tippte eine neue SMS: *Ich möchte dass du wieder nach oben kommst, jetzt!*

Paul lief noch eine halbe Stunde im Kreis, aber es kam keine Antwort und er steigerte sich immer mehr in seinen Unmut hinein. Dann endlich hörte er ihre Schritte auf der Treppe, stürzte zur Tür und riss sie auf, genauso stürzte sie ihm entgegen, erst auf dem Weg nach oben hatte sie seine Nachrichten gelesen. Wutentbrannt stand sie auch schon im Wohnzimmer, er schloss die Tür.

„Sag mal, spinnst du?! Du hast sie wohl nicht mehr alle, was glaubst du eigentlich wer du bist, mein Chef, mein Herr und Gebieter?!"

Paul öffnete seinen Mund, um etwas zu sagen, doch er kam nicht dazu.

„Also, das kannst du dir gleich abschminken, wenn du denkst, nur weil ich dein Kind bekomme, kannst du mir sagen, was ich zu tun habe und was nicht, dann kannst du gleich wieder ausziehen!"

Mein Gott, war die zornig!

Aber jetzt kochte auch in Paul Wut hoch: „Ach, und deine Vorstellung einer festen Beziehung ist also, dass du einfach tun und lassen kannst was du willst?! Und, was wollte er denn von dir? Will er dich zurück? Was willst du? Bilde dir bloß nicht ein, dass ich zulasse, dass jemand anders Papa spielt!"

„Ach so ist das also, du bist eifersüchtig! Siehst du, genau deswegen wäre es viel zu früh, um zu heiraten! Unsere Beziehung ist viel zu jung, es war noch keine Zeit, eine Vertrauensbasis aufzubauen und genau das hast du mir jetzt gerade bewiesen!"

Schnaubend ging sie in die Küche und knallte die Tür hinter sich zu. Paul stand mitten im Wohnzimmer, mit geballten Fäusten und offenem Mund.

Das hatte er nicht gewollt! Langsam ging er zur Tür, öffnete sie und steckte vorsichtig seinen Kopf in die Küche. Linda stand am Fenster, mit den Händen auf die Arbeitsplatte gestützt und starrte hinaus.

„Können wir vernünftig reden?", fragte er kleinlaut.

Sie fuhr herum. „Ach, jetzt willst du also vernünftig reden?", fragte sie spöttisch. „Gut, dann rede!"

„Es tut mir leid!", stieß er mit belegter Stimme hervor. „Aber du musst doch auch verstehen, dass ich eine wahnsinnige Angst habe, dich zu verlieren. Erik ist ein netter Kerl und er sieht gut aus und ihr wart zusammen. Er ruft, du rennst, sag mir bitte, was ich davon halten soll?! Ja, ich bin eifersüchtig, schließlich wart ihr vor nicht allzu langer Zeit ein Paar. Wie würde es dir gehen, wenn ich für zwei Stunden zu Ute verschwinden würde?"

Linda dachte nach, immerhin, und Paul konnte sehen, wie ihr auf Angriff gestraffter Körper sich langsam entspannte. Es verging eine geraume Weile, bis sie schließlich antwortete, jegliche Wut war aus ihrer Stimme gewichen. „Das stimmt, da wäre ich auch nicht begeistert... Dennoch bist du völlig im Unrecht! Lies noch mal den Spruch, der heute auf dem Kalender steht, von Freunden ist die Rede und mehr waren Erik und ich nie gewesen! Erik ist mein Freund und nur das, aber auch nicht mehr und nicht weniger, egal ob dir das passt oder nicht und du musst lernen, damit klarzukommen!"

Paul betrachtete ihr Gesicht, sie hielt seinem Blick stand und keine Spur von Falschheit lag in ihren Augen.

„Du hast recht, wir müssen lernen, einander zu vertrauen." Er ging einen Schritt auf sie zu. „Kannst du mir trotzdem sagen, worum es ging?", bat er kleinlaut.

„Erik hat Liebeskummer und brauchte mich einfach nur zum Reden, er hat sich bei mir ausgeheult."

„Ausgeheult? Ich meine, wirklich geheult?"

„Ja, es geht ihm wirklich schlecht."

Paul verkniff sich ein blödes Grinsen, als er sich die Szene bildlich vorstellte und dachte bei sich, dass Männer doch eigentlich einfach miteinander Bier trinken gingen. Als könne Linda seine Gedanken lesen, rückte sie schließlich mit der Sprache heraus: „Er ist schwul."

„Wie, schwul? Erik?"

Linda sah ihn nur an und wartete, bis er die Nachricht verdaut hatte.

„Aber warum hast du mir das denn nicht gleich gesagt?"

„Ja denkst du denn, ich brüste mich mit seinem Geheimnis? Nochmal, er ist mein Freund!"

Paul schämte sich, schämte sich für die schlechten Gedanken die er gehabt hatte, schämte sich für sein schlechtes Verhalten. Linda hatte Recht. Vertrauen war die Basis für eine Ehe und er hatte versagt. Sie kannten sich noch zu wenig, hatte sie ihm doch heute eine Seite gezeigt, die er noch nicht kannte und er hatte ein Benehmen an den Tag gelegt, wie er es noch nie getan hatte. Außerdem mussten sie das Zusammenleben erst mal lernen, schließlich würde nichts mehr sein, wie es vorher war, auch wenn beide die Veränderungen begrüßten.

„Denkst du, er würde vielleicht gerne hochkommen, auf ein Bier?", fragte er kaum unvermittelt.

Linda lächelte. „Nein, das denke ich nicht, ich denke, er möchte jetzt allein sein."

Die folgenden Wochen verbrachten sie sehr harmonisch miteinander, beide waren darum bemüht, sich an den anderen anzupassen. So zum Beispiel gewöhnte Paul sich an, die Zahnpasta Tube zuzumachen und im Sitzen zu pinkeln, während Linda daran dachte, beim Einkaufen für Paul und seine Freunde ein paar Dosen Bier mitzunehmen und im Kühlschrank zu deponieren.

Die einzig schlechte Nachricht war, dass Daniels Bau nicht so voranschritt, wie er hätte können, wären die Handwerker am Ball geblieben.

Sechs Wochen vor dem Geburtstermin ging Linda in den Mutterschutz und bemühte sich, den Haushalt, den sie bis dahin zusammengeführt hatten, möglichst alleine zu erledigen. Paul schimpfte dauernd mit ihr, weil er nicht wollte, dass sie alles alleine machte, sie sollte sich schonen.

Seine Mutter, die das bei einem Besuch mitbekommen hatte, kam daraufhin wöchentlich vorbei, um nach Linda zu sehen und ihr zu helfen. Vorher rief sie stets an und fragte, ob sie etwas vom Einkaufen bräuchten, sie wäre sowieso gerade auf dem Weg zum Supermarkt. Paul war ihr dafür ganz dankbar, zumal die beiden Frauen sich tatsächlich prima miteinander verstanden.

Richtig froh war Paul über das Essen, das Linda allabendlich gekocht hatte, wenn er von der Arbeit heimkam. Als er noch bei seinen Eltern gewohnt hatte, war das selbstverständlich gewesen, jetzt war es das nicht mehr und er freute sich jeden Tag über den guten Duft der ihm entgegen schlug, sobald er die Haustür öffnete, Linda war eine richtig gute Köchin. Im Gegenzug war es für ihn selbstverständlich, dass er nach dem Essen dafür die Küchenarbeit erledigte, worüber Linda wiederum froh war.

Ihr Bauch hatte in den letzten Wochen noch einmal beachtlich zugenommen und ihre Brüste waren riesig geworden, wie Paul oft lachend feststellte. Immer öfter sah sie sich gezwungen, kleine Pausen einzulegen, während derer sie sich auf die Couch legte und an die Decke starrte.

„Was ist denn da oben so interessantes?", fragte Paul, der sich neben sie in den Sessel gesetzt hatte. „Worüber denkst du so angestrengt nach?"

Langsam wandte sie ihm ihr Gesicht zu. „Ich habe Angst. Angst davor, dass bei der Geburt etwas schief geht, oder dass mit dem Kind nicht alles in Ordnung ist." Er kniete sich neben sie und nahm ihre Hände in seine: „das brauchst du nicht, Liebling, es wird schon alles gut gehen und der Arzt sagt ja, dass alles bestens ist. Außerdem, egal was passiert, ich bin bei dir. Ich werde dich nie allein lassen, hörst du, niemals!"

„Schwörst du es?"

„Ich schwöre bei allem, was mir heilig ist! Du und ich, wir gehören zusammen!"

Eine kleine Träne kullerte aus ihrem Augenwinkel. „Paul?"

„Ja, mein Liebling?"

„Willst du mich heiraten?"

Paul begann zu zittern und versuchte verzweifelt, den dicken Kloß in seinem Hals herunter zu schlucken. Nach der Abfuhr, die sie ihm erteilt hatte, hatte er sich nicht mehr getraut, sie zu fragen. Und jetzt war sie bereit, ihm seinen zweitgrößten Wunsch zu erfüllen, bewies, welch großes Vertrauen sie ihm nun entgegenbrachte. Er legte seinen Kopf auf ihre Schulter und flüsterte ihr ins Ohr: „Nichts wäre ich lieber, als dein Ehemann zu sein und mit dir zusammen alt zu werden, ich liebe dich von ganzem Herzen!"

Am nächsten Tag war Paul bei der Arbeit völlig unkonzentriert und aufgekratzt. Euphorisch erzählte er seinen Freunden von seiner Verlobung, die ihm erfreut gratulierten und bat seinen Chef, früher gehen zu dürfen, weil er Linda mit Verlobungsringen überraschen wollte. Er lud Daniel und Nico für Samstag auf eine Verlobungsfeier ein. Wegen des Erinnerungswerts wählte er den kleinen Italiener für die Festlichkeit, auch damit wollte er seine zukünftige Ehefrau überraschen.

Am Nachmittag verließ er also das Büro und ging in die Stadt, dort suchte er einen neuen, sehr modernen Juwelierladen aus. Kaum hatte er den Laden betreten, kam auch schon ein Verkäufer auf ihn zu und fragte ihn, ob er ihm helfen könne.

„Ja, ich brauche Verlobungsringe."

„Haben Sie schon eine bestimmte Vorstellung?"

„Nun, ich dachte an schlichte, silberne Ringe, den für meine Verlobte hätte ich gerne mit einem kleinen Brillanten." Ja ja, Paul hatte sich tatsächlich schon Gedanken gemacht, was zu ihnen beiden passen würde.

„Oh, da habe ich genau das richtige für Sie! Kommen Sie mit", forderte der junge Mann ihn freundlich auf. Er entnahm einer Vitrine die entsprechenden Ringe und legte sie Paul auf ein dunkelblaues Samtdeckchen auf der Theke.

Paul betrachtete die Ringe bewundernd, genau so hatte er sie sich vorgestellt! Er fragte nach dem Preis, schluckte bei der Antwort, aber es war ihm egal! Genau diese sollten es sein und keine anderen. Der Verkäufer packte sie behutsam in ein Schmuckkästchen und Paul zahlte mit seiner EC-Karte.

Beschwingt verließ er den Laden und machte sich auf den Weg zu dem kleinen Italiener. Dort reservierte er für Samstagabend das kleine Nebenzimmer.

Um die übliche Uhrzeit traf er zu Hause ein.

„Essen ist gleich fertig!", rief ihm Linda schon entgegen. Er ging in die Küche, wo er sie hinter dem Herd vorfand und umfasste sie zärtlich von hinten um die Taille, er beugte seinen Kopf zu ihr und küsste sie zärtlich auf ihr Ohrläppchen, wobei seine Hände höher zu ihrem Busen wanderten, der nun wirklich nicht mehr in seine Hände passte, dabei hatte er wirklich große Hände...

„Hallo, mein Liebling, ich habe dich vermisst!"

„Schön, dass du wieder da bist, du hast mir auch gefehlt!" Sie strahlte ihn glücklich an.

„So, fertig, holst du bitte zwei Teller und Besteck?", fragte sie völlig unvermittelt.

Paul ergab sich und deckte den Tisch. Sie setzten sich zum Essen.

„Ich habe dir ein kleines Geschenk mitgebracht." Er fischte in seiner Hose nach dem kleinen Schmuckkästchen, öffnete es unter der Tischplatte und entnahm ihm Lindas Ring. Seine Ohren begannen zu glühen, als er aufstand, sich vor Linda hinkniete und ihr den Ring entgegen hielt.

„Ich hoffe, er gefällt dir!"

„Oh mein Gott, Paul, das ist der schönste Ring, den ich je gesehen habe!" Linda strahlte übers ganze Gesicht und fiel ihm um den Hals. Paul zog sie herunter zu sich auf den Boden, auf seinen Schoß. Engumschlungen, so weit, wie es ihr dicker Bauch zuließ, beteuerten sie sich ihre Liebe.

„Du machst mich zum glücklichsten Mann der Welt!" Sie streichelten und liebkosten sich, das Essen auf dem Tisch wurde kalt, dafür ihre Körper immer erhitzter. Sie liebten sich unglaublich zärtlich und innig, ohne jede Eile, mit ihren neuen Ringen an ihren Fingern, die nun bezeugten, dass sie offiziell ein Paar waren, fest miteinander verbunden.

Als sie später, sehr viel später, hintereinander gekuschelt auf der Couch lagen und fernsahen, fragte Paul ganz beiläufig: „Sag mal, Schatz, was hältst du davon, wenn wir deine Eltern am Wochenende, sagen wir vielleicht Samstag, mal zu uns einladen?"

Linda blickte traurig auf. „Wir können sie nicht einladen!"

„Aber warum denn nicht? Meinst du nicht auch, dass es langsam Zeit wird, dass wir uns kennenlernen?"

„Sie sind tot, Paul."

Paul wurde blass, es tat ihm leid, dass er Linda durch seine Frage mit ihrer sicherlich traurigen Vergangenheit in Berührung gebracht hatte.

„Alle beide? Wie ist es passiert?"

Linda bettete ihren Kopf auf seine Brust und begann leise zu erzählen: „Mein Vater starb vor zehn Jahren an Krebs, meine Mutter hat das nicht verkraftet. Weißt du, sie haben sich sehr geliebt. Sie wurde depressiv, nahm Tabletten, Antidepressivum, Schlaftabletten… Jedenfalls, eines Tages kam ich nach Hause und sie lag tot in ihrem Bett. Alle Tablettenschachteln, die sie derzeit hatte, waren leer. Ich konnte nichts mehr für sie tun… Ich hab ihr das nie verziehen! Sie hat mich einfach alleingelassen!"

Paul wusste nicht, was er sagen sollte, wie er sie hätte trösten können, doch er zog sie noch näher an sich heran und schlang beide Arme um sie.

„Ich werde dich nie alleine lassen!", bekräftigte er nochmals.

Endlich war es soweit, endlich Samstag! Sie schliefen sich gründlich aus und bereiteten statt des normalen Frühstücks einen ausgiebigen Brunch zu, mit Eiern und allem Pipapo.

„Liebes, nach diesem späten, ausgiebigen Frühstück kriegen wir so schnell keinen Hunger mehr, das Mittagessen könnten wir also locker ausfallen lassen. Was hältst du davon, wenn ich dich dann heute Abend zu unserem Italiener ausführe, wir machen einen faulen Tag und die Küche bleibt heute kalt."

„Au ja, das ist eine gute Idee!"

Paul freute sich, die Überraschungsparty konnte auch als solche steigen!

Sie verbrachten den Tag total gemütlich, die einzige körperliche Anstrengung bestand aus einem kleinen Spaziergang durch den Park am Mittag. Kurz vor achtzehn Uhr machten sie sich auf den Weg. Als sie das kleine Lokal betraten, steuerte Linda direkt auf den kleinen Tisch zu, an dem sie sonst immer gesessen hatten, doch Paul hakte sie ein: „Komm, lass uns heute mal woanders sitzen."

Sie sah ihn verwundert an, ließ sich aber mitziehen. Paul zog die Tür zu dem kleinen Nebenzimmer auf, welches er für die Verlobungsparty reserviert hatte und schon wurden sie mit lauten „Überraschung" Rufen von allen Seiten umarmt. Linda stutzte im ersten Moment, doch dann fiel der Groschen und sie freute sich wie ein kleines Kind! Daniel, Nico, Erik und Pauls Eltern waren da, die Tafel war wunderschön geschmückt mit riesigen Rosengestecken und Bändern, eingedeckt mit schneeweißer Tischdecke und Stoffservietten, edlem Geschirr, und Lindas Augen leuchteten um die Wette mit polierten Kristallgläsern, in denen sich das Licht unzähliger Kerzen spiegelte. Irgendwo war eine Stereoanlage versteckt, die den Raum leise mit romantischer Musik erfüllte, der Kellner stand schon mit einem Tablett gefüllter Sektgläser parat.

Mit großem Hallo wurden sie begrüßt, mit Gratulationen überschüttet und umarmt.

Während sie Sekt trinkend und sich unterhaltend im Raum standen, wurde bereits ein italienisches Buffet aufgetragen. Sie setzten sich, sodass der Kellner mit verschiedenen Weinen am Tisch umhergehen konnte, um zu fragen, wem welcher Wein genehm sei und die nächsten Gläser füllte. Das Antipasti-Buffet wurde eröffnet, jeder schnappte sich einen Teller und reihte sich ein, allen voran Nico und Daniel.

Pauls Mutter stand neben Linda und nahm sich ein Stück Melone und von dem Parmaschinken, dazu gebackene Auberginen und Salami. „Ach, ich bin ja so froh, dass ihr heiratet, und wie ich mich auf meinen Enkel freue! Ich hatte ja schon fast die Hoffnung aufgegeben, bis du gekommen bist! Und diese Ute, die er vorher hatte, also das war ja…! Oh, du hast einen Verlobungsring, zeig doch mal her! Oh, der ist aber schön!" Linda hatte sie übrigens gleich das „Du" angeboten, sie durfte sie von Anfang an bei ihrem Vornamen, Fiona, nennen…

Linda ließ das Geplapper bereitwillig über sich ergehen und lächelte die ganze Zeit nur glücklich. Später, als alle beim Hauptgang saßen, suchte Fiona sich neue Opfer: „Sagt mal, Daniel, Nico, was ist eigentlich mit euch, würde es für euch nicht auch langsam Zeit werden? Ihr werdet schließlich auch nicht jünger!"

Daniel wurde rot wie ein Feuermelder, aber Nico lachte laut los und konterte: „Ach was, Fiona, wissen Sie, das ist so: Für Daniel muss erst mal eine Frau gebacken werden, die zu ihm passt und seinen Ansprüchen genügt und ich bin mit meiner Musik verheiratet, die erfüllt mein ganzes Herz und lässt keinen Platz übrig."

Daniel warf ihm einen dankbaren Blick zu und widmete sich weiterhin seinem Essen, als wäre er nicht betroffen.

Dafür trat Paul seiner Mutter unter dem Tisch auf den Fuß. „Aua! Was soll denn das?"

„Huch, entschuldige bitte!" Der scharfe Blick, den er hinterher schob, war aber nicht miss zu verstehen, nicht einmal für seine Mutter, und Linda, die die ganze Zeit dem Spektakel gefolgt war, hielt sich die Hand vor den Mund und versuchte krampfhaft, das Lachen zu unterdrücken, weswegen nun ihr Gesicht ganz rot anlief und sich ein leichter Schweißfilm auf ihrer Stirn bildete. Ganze sieben

Minuten aß Pauls Mutter endlich schweigend weiter, bis Erik an der Reihe war. Sie wollte nun ganz genau wissen, in welcher Beziehung er zu Linda stand, beziehungsweise jemals gestanden hatte. „Ja ist denn das überhaupt möglich, eine Freundschaft zwischen Mann und Frau?", fragte sie skeptisch und leerte ein halbes Glas Rotwein auf einmal. „Hach, der ist wirklich gut!" Erik meinte schon, entkommen zu sein und sie hätte ihren Argwohn vergessen, aber weit gefehlt! Schon bohrte sich ihr Blick in seine Augen und er stammelte: „Ich schwöre!" Beruhigt nahm sie ihr Glas nochmals zur Hand und leerte den Rest. „Na dann ists ja gut! Herr Kellner, kann ich von dem noch haben?"

Der Abend wurde immer ausgelassener, doch irgendwann bemerkte Paul, dass Linda nun wirklich müde und erschöpft wirkte, aber dennoch glücklich. Es wurde Zeit die Feier zu beenden, sie brauchte Ruhe und musste sich hinlegen. Ein Blick auf die Uhr zeigte ihm, dass sie für ihre Verhältnisse und ihren Zustand aber recht lange durchgehalten hatte. Zuerst begleitete er seine Eltern bis zu deren Auto, auf einer Seite hatte er sich bei seiner Mutter eingehakt, auf der anderen sein Vater. Sie torkelte etwas und lachte und plapperte ununterbrochen.

„Kommst du klar?", fragte er seinen Vater, nachdem sie sie ins Auto verfrachtet hatten.

„Aber ja doch, mein Junge, kein Problem, so schwer ist sie ja nicht!" Er zwinkerte Paul zu und grinste: „Danke noch mal für das schöne Fest, es war wirklich ein sehr gelungener Abend!"

Paul lief zurück, verabschiedete sich von Daniel und Nico, Erik fuhr mit ihnen mit. Er hatte freundlicherweise angeboten, die Rückfahrt zu übernehmen und hatte außer dem Glas Sekt zum Anstoßen keinen Alkohol getrunken. Linda auch nicht, aber ihr wollten sie das Autofahren heute nicht mehr zumuten.

Zuhause taten sie nichts anderes mehr, als sich zu entkleiden und ins Bett zu fallen, glücklich und händchenhaltend schliefen sie ein.

Es sollte jedoch eine sehr kurze Nacht werden, bereits eine Stunde später weckte ihn Linda, indem sie sanft seinen Arm schüttelte. „Paul, Paul, wach auf, ich glaube, es geht los!"

Zunächst kam Paul nicht richtig zu sich und war noch nicht mal in der Lage, seine Augen zu öffnen. Erst als sie die Worte eindringlicher wiederholte, begann er den Sinn zu realisieren, war schlagartig wach und mit einem Satz aus dem Bett.

„Wie? Was? Wieso? Heute ist doch erst der vierzehnte!"

Linda musste lachen, krümmte sich gleich darauf aber vor Schmerzen und gab ihm damit zu verstehen, dass es tatsächlich losging, Termin hin, Termin her.

Paul raufte sich die Haare, hüpfte von einem Bein aufs andere, rannte dann kreuz und quer durchs Zimmer und zog sich dabei an. Dann half er Linda beim Aufstehen, zog ihr Schuhe an und half ihr in die Jacke, er schnappte die Tasche, die in der Schlafzimmerecke stand und die sie bereits für diesen Fall gepackt hatten, stützte sie mit der freien Hand und sie machten sich langsam auf den Weg nach unten zum Wagen. Mitten auf der Treppe mussten sie eine Pause einlegen, weil Linda von der nächsten Wehe überrollt wurde. Es schien ewig zu dauern, unten vor der Haustüre anzukommen.

„Ich hol den Wagen her!"

Paul stellte die Tasche neben Linda ab und rannte los, um kurz darauf mit quietschenden Reifen vor ihr zum Stehen zu kommen. Er stürzte aus dem Auto, um ihr in den Wagen zu helfen und raste los.

„Mach langsam", bat Linda, „das kann noch ewig dauern, bis das Kind kommt!" Paul ging vom Gas. Gleich darauf schrie sie: „Gib Gas! Die Fruchtblase ist geplatzt!"

Paul trat das Gaspedal durch, es war kaum Verkehr und bald darauf hielt er den Wagen vor dem Eingang der Notaufnahme, wo er laut rufend hineinrannte: „Hilfe, Hilfe!"

Zwei Männer griffen schnell nach einer Bahre und rannten mit ihm hinaus zum Auto, wo sie augenrollend Linda auf die Trage verfrachteten.

Sie verbrachten neuneinhalb Stunden im Kreissaal, verdammt harte Stunden, Linda war total erschöpft und Paul völlig herunter mit den Nerven, bis die Hebamme endlich den lang ersehnten Satz aussprach: „Es kommt!"

Linda machte ihren Job richtig gut, presste, wenn die Hebamme sie dazu aufforderte und atmete, wie sie es in dem Geburtsvorbereitungskurs gelernt hatten. Paul hielt die ganze Zeit ihre Hand und konnte nicht anders, als die Atemübungen mitzumachen. Immer fester gruben sich ihre Fingernägel in seine Hand, doch er entzog sie ihr nicht, die Schmerzen, die Linda aushalten musste, waren viel schlimmer. Die Hebamme legte sich fast auf Lindas Bauch, das Laken auf dem sie lag war von Blut durchweicht, Paul schwitzte, dann wurde ihm schwarz vor Augen.

„Nun wachen Sie schon wieder auf!" Unsanft wurde er geschüttelt. Er öffnete die Augen, stöhnte und richtete sich langsam wieder auf. Schnell griff er wieder nach Lindas Hand, sie presste, noch einmal.

„Es ist da! Ich glaube, ich sollte Sie besser nicht fragen, ob Sie die Nabelschnur durchtrennen möchten." Die Hebamme hatte sich ihm zugewandt und grinste ihn frech an.

„Doch", krächzte Paul, „doch, ich mach es." Er besiegelte endgültig die körperliche Trennung zwischen Mutter und Kind, die Hebamme verschwand kurz mit dem Baby und kehrte gleich darauf zurück. Sie hatte den kleinen Jungen in ein Laken gewickelt, sodass nur noch sein Gesicht zu sehen war und legte ihn Linda in die Arme. „Alles dran!"

Linda drückte den Jungen vorsichtig an sich und obwohl sie bis gerade eben gekämpft hatte, betrachtete sie ihn nun völlig entspannt und überglücklich.

„Hallo Tim, mein kleiner Junge, wir habens geschafft! Sieh mal Paul, wie wunderschön er ist!"

Paul beugte sich vorsichtig über seine Familie und betrachtete das kleine Köpfchen, er hatte schon relativ lange, dunkle Haare und Paul lachte leise bei dem Gedanken, dass das Haar seines Sohnes wohl auch immer etwas zu lang sein würde.

„Hier, nimm ihn mal." Sachte hob Linda ihm das kleine Päckchen entgegen und gleich darauf hatte Paul sein Kind zum ersten Mal auf dem Arm, niemand hatte ihn je darauf vorbereitet, was das für ein Gefühl war! Ein fantastisches Gefühl, ein Gefühl von übermächtigem Glück, gepaart mit dem Bewusstsein der riesigen Verantwortung, die ihm nun oblag und auch etwas Angst davor, doch eindeutig überwog das Glück!

Sie wurden in den Aufwachraum gebracht, wo Linda den kleinen Tim zum ersten Mal stillte, ergriffen beobachtete

Paul das Wunder der Natur. Ungefähr eine Stunde später betrat Paul schließlich das Krankenzimmer auf der Entbindungsstation, in dem Linda und Tim die nächsten drei Tage verbringen würden, seine kleine Familie wurde von dem Pflegepersonal im Bett herein geschoben. Die Pfleger waren gerade erst im Begriff den Raum zu verlassen, als es auch schon sachte an den Türrahmen klopfte. Paul drehte sich um, Erik streckte seinen Kopf lächelnd herein. „Darf ich?" Ohne die Antwort abzuwarten trat er ein, er hatte Lindas Tasche dabei und Paul schlug sich mit der flachen Hand an die Stirn.

„Ich bin wach geworden, als deine Reifen vor dem Haus quietschten und da hab ich aus dem Fenster gesehen, ich denke, die wirst du brauchen, Linda."

„Bist du gleich hergekommen? Sag bloß, du hast die ganze Zeit hier gewartet?!"

„Klar, was denkst du denn?"

„Oh Erik, das ist lieb von dir! Komm her, sieh dir das an!" Stolzer konnte niemandes Gesicht sein als Lindas, während sie auf den kleinen Schatz bei sich im Bett deutete. Erik trat zu ihr und betrachtete fasziniert das winzige Geschöpf, das mittlerweile in einem Strampler steckte, der ihm eigentlich noch viel zu groß war.

„Oh mein Gott, ist der schön! Und sowas von winzig!" Er kriegte sich fast nicht mehr ein. „Darf ich ihn mal halten?", fragte er mit flehenden Augen. Linda lächelte und nickte, während er schon mit ganz sanften Händen nach dem kleinen Bündel griff und es dann zärtlich in seinen Armen wiegte. Plötzlich wurde sein Blick für einen kurzen Moment glasig. „Dieses Glück werde ich leider selbst nie erfahren…"

Es war das erste Mal, dass er in Pauls Dasein eine Bemerkung über seine Homosexualität machte, Paul hatte Mitleid mit ihm, tatsächlich war das hier wohl das größte Glücksgefühl, welches ein Mensch je erleben konnte. Plötzlich kam ihm eine Idee: „Erik, möchtest du gerne Taufpate werden?" Er blickte fragend hinüber zu Linda, die ihm lächelnd ihre Zustimmung gab. Erik sah auf und strahlte übers ganze Gesicht. „Ehrlich? Ist das euer Ernst? Was ist das für eine Frage? Natürlich will ich! Ich verspreche euch, der beste Taufpate aller Zeiten zu sein!"


Paul kam am späten Abend nach Hause, seine Eltern waren natürlich auch gekommen, um ihr Enkelkind in die Arme zu schließen und nach Feierabend kamen auch noch Nico und Daniel, bepackt mit einem riesigen Teddybären und hatten festgestellt, dass Paul seine „Sache gut gemacht" hätte. Paul hatte mit seinem Chef bereits abgesprochen, dass er, wenn das Kind käme, zwei Wochen Urlaub nehmen würde und Daniel und Nico hatten ihm versprochen, im Büro Bescheid zu geben, sodass er sich um nichts zu kümmern brauchte. Er hatte jetzt auch alle Hände voll zu tun, denn Linda hatte sich geweigert, das Kinderzimmer herzurichten, bevor Tim auf der Welt wäre mit der Begründung, sie wolle kein Unglück heraufbeschwören. *Naja, etwas abergläubisch war sie schon!*

Er grinste, als er den Tag nochmal Revue passieren ließ. Er betrat das Wohnzimmer und mit einem Schlag fiel die ganze Anspannung des Tages und der letzten Nacht von ihm ab, er sackte in die Knie und fühlte sich plötzlich sehr schwach und verwundbar. Sein Blick streifte den kleinen Kalender, er nahm ihn und blätterte um für den heutigen Tag:

*Kinder verdoppeln die Freude und halbieren die Jahre.*

*Peter E. Schumacher*

Er stellte ihn zurück an seinen Platz und schüttelte den Kopf, *vielleicht sollte ich mir das auch angewöhnen, morgens drauf zu schauen...*

Am nächsten Morgen klingelte es um acht Uhr an der Haustür. Paul hatte sich gerade Kaffee aufgesetzt und begonnen, eine Liste zu schreiben, was er alles besorgen musste. Bestimmt Post, dachte er. Doch es waren Nico und

Daniel, die vor ihm standen, als er die Tür öffnete. Verwundert ließ er sie herein. „Was macht ihr denn hier?"

„Wir haben uns auch für heute frei genommen, oder was denkst du, wie du das sonst schaffen willst?"

„Echt jetzt?! Super!"

„Für ein Frühstück tun wir alles!"

Paul überschlug sich fast vor Freude und mehr als bereitwillig bereitete er innerhalb von zehn Minuten das Frühstück für sie zu. Er selbst hatte vorgehabt, lediglich eine Tasse Kaffee zu trinken und dann direkt an die Arbeit zu gehen, aber zu dritt würde ja alles wesentlich schneller von der Hand gehen und er konnte seine Freunde schließlich nicht hungern lassen.

Während des Frühstücks fragte Nico: „Also, wie ist die Planung?"

„Ich habe bereits mit einer Liste begonnen, es wird richtig heftig! Im Zimmer selbst durfte ich ja noch nichts machen, aber ich hätte wenigstens vorab alles besorgt und im Keller verstaut, ohne dass Linda es bemerkt hätte, aber dadurch dass Tim es so eilig hatte, bricht nun das völlige Chaos aus!"

Er nahm seine Liste von der Arbeitsplatte: „Zuerst muss ich in den Baumarkt, Farbe, Abdeckmaterial und Teppichboden besorgen. Dann in das schwedische Möbelhaus, Kinderzimmermöbel holen, das vorrätig sein muss, in ein

Babygeschäft fahren, um einen Kindersitz fürs Auto und einen Kinderwagen zu besorgen, so, mehr hab ich noch nicht... Oh je, was zum Anziehen braucht Tim ja auch noch und dann diese ganzen Babypflegeartikel, da kenne ich mich gar nicht aus!" Resigniert legte er die Liste auf den Tisch, das würde er doch niemals alles schaffen, auch wenn seine Freunde heute zur Verfügung standen. „Und als allererstes muss ich einen Van besorgen, um das alles überhaupt transportieren zu können." Er stützte seinen Kopf in die Hände und raufte sich die Haare.

„Na na, wer wird denn da den Kopf hängen lassen, ist doch alles kein Problem!" Daniel klopfte ihm auf die Schulter.

„Genau!", bestätigte Nico. „Der Van steht schon vor der Tür, den haben wir heute Morgen schon organisiert und mitgebracht, war klar, dass wir den brauchen. Und du rufst jetzt deine Mutter an und trägst ihr auf, die Erstkleidung und Pflegeartikel für Tim zu besorgen, eine größere Freude wirst du ihr kaum machen können. Dann fahren wir zusammen in den Baumarkt, besorgen dort alles, um das Kinderzimmer herzurichten. Das machen Daniel und ich dann, während du die Möbel besorgst."

Erleichtert sprang Paul auf. „Los gehts!"

Als sie vom Baumarkt zurückkamen, trugen sie die eingekauften Sachen nach oben in das künftige Kinderzimmer. Gott sei Dank hatten sie es wenigstens schon mal leergeräumt! Paul verabschiedete sich hastig und sprintete wieder hinunter, um zum Möbelhaus zu fahren.

Von unterwegs rief er seine Mutter an, die tatsächlich freudig jauchzte, als Paul ihr ihre Aufträge erteilte. „Gar kein Problem! Ich geh gleich los! Und Sachen zum Anziehen habe ich sowieso schon jede Menge besorgt", kicherte sie und schon hatte sie aufgelegt.

Paul war maßlos erleichtert, vielleicht würden sie es doch in der kurzen Zeit schaffen…

Mit Schwung parkte er den Van ein, schnappte sich einen Einkaufswagen und rannte damit regelrecht in die Kinderabteilung. Und das Glück war ihm hold! Tatsächlich fand er ein wirklich hübsches Möbelprogramm, das vorrätig war! Er notierte die Nummern des Kinderbetts, des Kleiderschranks und der Wickelkommode und machte sich auf den Weg zum Abhollager. Natürlich musste er an den Accessoires vorbei. Das war auch gut so, denn sonst hätte er die passende Bettwäsche vergessen. Bei der Gelegenheit fand er auch noch eine Spieluhr in Form eines Mobiles, welches man am Bettchen befestigen konnte. Er zog an der Schnur und sie spielte die Melodie „La Le Lu", das hatte ihm seine Mutter abends am Bett immer vorgesungen. Er entspannte sich etwas und lud alles auf den Wagen, dann lief er eilig zum Abhollager, ohne noch mal nach rechts oder links zu schauen, suchte die entsprechenden Pakete zusammen und packte auch diese auf seinen Wagen. Es war nicht auf einmal zu bewerkstelligen, er musste die erste Ladung zum Wagen bringen und noch mal zurück, um die nächste Fuhre zu holen. Er kam ins Schwitzen und holte sich noch schnell am Ausgang eine Cola, die er auf dem Weg zum Wagen trank.

Im Van war noch genügend Platz und so beschloss er, gleich noch den Autositz und den Kinderwagen zu besorgen.

Im Laden wurde er freundlich beraten, wodurch ihm erst bewusst wurde, worauf bei einem Kindersitz alles zu achten war. Es war nicht einfach, sich zwischen den vielen Modellen für eines zu entscheiden, es ging nicht einfach nur um den schönsten Autositz, sondern die Verkäuferin hatte ihn bei jedem Modell auf die Vor- und Nachteile hingewiesen. Letztendlich entschied er sich einfach für den sichersten.

Dann ging es an den Kinderwagen, doch da stieß Paul an seine Grenzen. Völlig unentschlossen und überfordert beschloss er, mit Linda herzukommen, wenn sie wieder zu Hause war, um den Kinderwagen zusammen auszusuchen, schließlich war er nicht so dringend, wie der Autositz, den er nun bezahlte und in den Wagen lud. Er stieg ein und schaute auf die Uhr, es war schon Mittag. Er fuhr zum Dönerladen und holte noch schnell drei Döner, dann machte er sich auf den Rückweg.

Er parkte direkt vor dem Haus im Parkverbot, schließlich mussten sie entladen, schnappte sich die Tüte mit dem Essen und rannte damit nach oben, wo er freudig begrüßt wurde.

„Das war eine gute Idee, wir haben schon überlegt, wie lange du wohl brauchen würdest und ob wir eventuell Pizza bestellen sollten."

Paul legte die Tüte auf den Küchentisch. „Greift zu!" Er selbst huschte hinüber ins Kinderzimmer, um zu sehen, wie seine Freunde vorangekommen waren. Mit großen Augen blieb er in der Tür stehen. Sie hatten es geschafft, das komplette Zimmer zu streichen! Die Decke erstrahlte in frischem Weiß, die Wände in fröhlichem Hellblau und die Abdeckfolien hatten sie auch bereits entfernt!

Er ging zurück in die Küche und ließ sich auf einen Stuhl fallen. „Ich bin total von den Socken, danke!" Er packte seinen Döner aus, während seine Freunde grinsend kauten.

Nach dem Essen trugen sie zusammen Pauls Einkäufe nach oben und stellten zunächst alles ins Wohnzimmer, Paul lief noch einmal hinunter, um den Van um zu parken, Daniel und Nico begannen, den Teppichboden auszurollen. Sie hatten ihn zusammen ausgesucht und waren begeistert, als sie ihn nun auf der Fläche sahen. Er war dunkelblau mit lauter kleinen Teddybär Motiven.

„So", Nico stand auf, „der muss sich jetzt erst mal auslegen, bevor wir ans Schneiden gehen. Inzwischen können wir im Wohnzimmer anfangen, Möbel aufzubauen."

Das war leichter gesagt als getan! Sie hatten den Kleiderschrank ausgepackt, die Teile ordentlich sortiert und dann festgestellt, dass die Anleitung nicht allzu ergiebig war. Erst nach geraumer Zeit, vielen Diskussionen und dreimaliger Demontage stand das gute Stück endlich so da, wie es sollte.

Sie legten den Teppichboden fertig aus, schnitten ihn zurecht, brachten die weißen Holzrandleisten an, was sich ebenfalls als zeitaufwändig herausstellte, weil sie auf Gehrung geschnitten werden mussten.

„Wir hätten doch die aus Kunststoff zum Ankleben nehmen sollen", stöhnte Daniel nach einer Weile vollbrachter Geduldsprobe. Aber sie schafften es und das Zimmer sah nun so richtig ordentlich aus. Sie trugen noch den Kleiderschrank ein seinen Platz, wenigstens hatten Linda und Paul besprochen, wo was hin sollte.

Es war neunzehn Uhr und sie hatten die Schnauze voll.

„Schluss für heute!", rief Paul. „Kumpels, ich bin euch echt dankbar, ohne euch wär ich nie so weit gekommen, wer weiß, ob ich das überhaupt in *drei* Tagen geschafft hätte..."

„Nichts zu danken!"

„Den Rest schaffe ich locker alleine, ich hab ja noch zwei Tage. Ich fahr dann jetzt mal noch ins Krankenhaus, sehen wie es meiner Familie geht." Er betonte das Wort Familie und strahlte, als hätte er einen Urlaubstag verbracht.

Daniel und Nico bestanden noch auf ein Feierabendbier, bei dem sie Daniel bedauerten, dass sein Wunsch, Weihnachten schon im neuen Haus zu feiern, nicht in Erfüllung ging.

„Handwerker!", schnaubte er verächtlich.

Dann verabschiedeten sie sich mit Handschlag, boten an, noch den Van zurückzubringen, so dass Paul sich auf den Weg zum Krankenhaus machen konnte.


„Hey, was ist denn los?" Linda lag im Bett, der kleine Tim schlafend an ihren warmen Körper schmiegt, sie weinte.

„Ich... bin... so... dumm!"

Er setzte sich zu ihr aufs Bett und küsste ihr die Tränen von den Wangen. „Warum denn? Was ist denn passiert?"

„Nur... weil ich so... abergläubisch bin... jetzt ist Tim auf der Welt... und wenn wir nach Hause kommen... hat er... hat er... gar nichts! Ich weiß noch nicht mal... wie ... ich ihn nach Hause... bringen soll!" Das Weinen wurde heftiger.

Paul atmete erleichtert auf. „Liebling, du brauchst dir überhaupt keine Sorgen zu machen!" Er erzählte ihr, was alles heute geleistet worden war und wieviel Hilfe ihnen zuteilwurde. Sie bräuchte sich um nichts zu kümmern, dummerweise weinte sie dann aber noch mehr!

„Und was ist mit mir? ... Ich will das doch auch alles machen!" Paul verkniff sich die Bemerkung, dass das nun mal nicht möglich sei, wenn sie erst nach der Geburt beginnen wollte, stattdessen sagte er geduldig: „Du musst noch einen Kinderwagen aussuchen, das habe ich ohne dich nicht hinbekommen!"

„Ehrlich?" Sie kuschelte sich an ihn und er blieb bei ihr sitzen, bis sie eingeschlafen war.

Am nächsten Morgen war er überrascht, als es wieder an seiner Tür klingelte. Daniel und Nico hatten sich doch nur gestern frei genommen?!

Als er öffnete, stand Erik vor ihm.

„Brauchst du Hilfe?", fragte er schüchtern.

„Komm rein", forderte er ihn erstaunt auf, „ich freu mich, wenn du mir hilfst."

Er war noch nie mit Erik alleine gewesen und hatte auch nicht den Eindruck gehabt, dass er vorrangig Lindas Freund war, aber vielleicht ging es ihm eben darum, Linda zu helfen, indem er ihm half?

„Kaffee?"

„Ja, gerne!"

Sie saßen schweigend am Küchentisch gegenüber und tranken ihren Kaffee und Paul begann die Situation unangenehm zu werden.

„Wollen wir?", fragte er deshalb und stand auf, während Erik hörbar ausatmete. „Was gibts zu tun?"

„Nur noch Kinderbett und Wickelkommode aufbauen."

„Darin bin ich gut!", freute sich Erik.

Paul grinste: „Na, das werden wir ja gleich sehen!"

Erik war tatsächlich gut in Sachen Möbelaufbau, er fand sich mit den abstrakten Anleitungen recht schnell zurecht, beziehungsweise hätte er fast keine gebraucht. Paul brauchte lediglich den Handlanger abzugeben. „Wieso kannst du das so gut?", wollte er schließlich wissen.

„Meine Schwester ist schon dreimal umgezogen..." Der ist wirklich richtig schüchtern, dachte Paul, irgendwie tat Erik ihm leid. Außerdem wäre es gut, wenn er sich besser mit ihm anfreunden könnte, allein schon Linda zuliebe. Also versuchte er ihn in ein Gespräch zu verwickeln: „Ach, du hast noch eine Schwester?"

„Ja, sie ist mittlerweile aber nach Wien gezogen, deshalb sehe ich sie nicht oft." Wieder Schweigen. Es war wirklich nicht so einfach, mit dem Kerl warm zu werden. Huch, warm, musste er aufpassen bei seiner Wortwahl? Paul grübelte, worüber er belanglos mit ihm plaudern könnte, ohne ihn in Verlegenheit zu bringen und ging dabei in den Schneidersitz über und hielt Erik den Schraubenzieher hin, den er gleich brauchen würde.

Unvermittelt unterbrach Erik die Arbeit, richtete seinen Oberkörper auf und sah ihn an. Paul wurde rot, konnte der Kerl etwa Gedanken lesen?

„Du, Paul... ich denke... ich meine...ach! Du hast doch sicher schon mitgekriegt, dass ich... naja, schwul bin?!", fragte er leise. Paul überlegte, ob das nun eine Feststellung war, oder eher eine Frage, die er mit „nein" beantworten sollte. Die Aussage im Krankenhaus, dass er keine Kinder haben würde, hätte schließlich genauso anderen Ursprungs sein können und vielleicht hatte ihm Linda gar nicht gesagt, dass sie es ihm gesagt hatte. Paul wurde beinah schwindelig bei dem Versuch, seine Gedanken auf die Schnelle zu ordnen.

Erik bemerkte es wohl und half ihm: „Also, falls du es noch nicht weißt: Ich bin schwul."

Paul sah ihn an, auch Erik war rot geworden und jetzt fragte er sich selbst, wo eigentlich das Problem lag. Homosexualität ist schließlich keine Krankheit, kein Gendefekt, oder sonst irgendwie verwerflich! Er spürte, wie die Hitze aus seinem Gesicht allmählich zurückwich.

„Ich weiß nicht, warum du mir das sagst, aber ich habe in keiner Weise ein Problem damit, ich schwöre! Du bist Lindas Freund und somit auch meiner, du wirst der Pate meines Kindes sein und du bist unser Nachbar und… ich finde, du bist ein netter Kerl und ich bin froh, dass du mir hiermit hilfst!" Er machte eine Kopfbewegung Richtung Bretter und Schrauben. Er lächelte ihn an, Erik lächelte zurück und Paul beschloss, ab sofort ganz offen mit dem Thema umzugehen. Er fragte sich, warum er bislang so ein Tabuthema daraus gemacht hatte, Erik war genauso ein normaler Mensch wie jeder andere auch.

Erik wischte sich mit dem Handrücken über die Stirn. „Weißt du, dass ich dir das sage, hat einen bestimmten Grund." Er schaute Paul fragend an und erinnerte ihn mit seinem Hundeblick an einen kleinen Welpen, dem man ein Leckerli hinhält und er konnte es nicht vermeiden, an das leere Hundekörbchen zu denken, das immer noch in der Ecke des Wohnzimmers seiner Eltern stand.

„Schieß los!"

„Ich hatte einen Freund, in Wien. Beim letzten Umzug meiner Schwester hatte ich ihn kennengelernt, er war einer der Möbelpacker, groß, muskulös…" Er unterbrach sich und senkte den Blick und Paul wartete geduldig, bis er fortfuhr. „Jedenfalls… er hat vor einer Weile die Beziehung beendet, weil wir uns zu selten gesehen haben, eine Fernbeziehung sei nichts für ihn. Und jetzt", er räusperte sich, „ich würde gerne wieder jemanden kennenlernen, das ist aber nicht so einfach, schließlich steht niemandem das Wort schwul auf die Stirn geschrieben und deshalb", er holte tief Luft, „wollte ich dich fragen, ob du vielleicht dazu bereit wärst, mit mir auszugehen, jetzt, wo Linda eh im Krankenhaus liegt." Paul ließ erschrocken den Schraubenzieher fallen, den er immer noch in der Hand hielt, Erik bemerkte das Missverständnis sofort und lachte: „Nein, Paul, so war das nicht gemeint, ich will nichts von *dir,* ich hätte dich nur gerne als Begleitung gehabt, weil ich mich allein nicht traue, ich war noch nie… in einer Schwulenbar…"

Paul prustete los, erst als er sich genug beruhigt hatte, um wieder zu sprechen, gab er zu: „Eiskalt erwischt! Sorry, ich hatte es wirklich falsch verstanden! Klar, mach ich!", er klopfte Erik auf die Schulter, „ziehen wir also heute Abend los! Das hier", er zeigte auf das zu montierenden Möbelteile, „ist ja nicht mehr viel, lass uns zusammen im Anschluss Linda und Tim besuchen, dann stehe ich dir heute Abend zur Verfügung!"

Linda ging es nicht besser, Paul sah es ihr gleich an, nachdem er mit Erik das Zimmer betreten hatte. Er spürte, wie sie zwanghaft versuchte, sich zusammenzureißen, nicht zu weinen, rang sich sogar ein müdes Lächeln ab. Er wusste, wenn er sie jetzt in die Arme nahm und fragen würde, wie es ihr ginge, würde sie sich nicht mehr beherrschen können. Er hätte es getan, wäre Erik nicht dabei gewesen. So aber rief er betont munter: „Hallo, meine liebsten Menschen auf der Welt! Sieh mal, Linda, wen ich mitgebracht habe, Überraschung!"

Sie blieben bis zum Abend, auch Erik war sensibel genug, auf sie einzugehen und sie möglichst abzulenken, nur von ihrem geplanten abendlichen Ausflug erzählten sie nichts, wodurch Paul sich wie ein Verbündeter Eriks fühlte, es war, als wäre ein Bann gebrochen, ein bisher unüberwindliches Hindernis erklommen.

Erst, nachdem Linda eingeschlafen war, stand Paul mit Tim auf dem Arm auf, küsste ihn zärtlich auf die Wange und legte ihn vorsichtig in sein Bettchen, das neben Lindas stand. Lautlos verließen sie das Zimmer.

Schweigend liefen sie nebeneinander den Flur entlang, die Wände waren mit Babyfotos vollgehängt, stiegen in den Aufzug, fuhren hinunter, gingen grüßend an der Info-Theke vorbei und hinaus zum Parkplatz. Am liebsten hätte Paul seine Familie mit nach Hause genommen und sich in die Mitte zwischen die beiden gekuschelt, einfach nur um sicher zu sein, dass es ihnen gutging. Stattdessen fragte er, während er die Wagentür öffnete: „Und, wo gehts nun hin?"

Erik kniff die Lippen zusammen. „Ich fahre."

Paul zuckte nur mit den Schultern, lief zur Beifahrerseite und stieg ein, während Erik auf dem Fahrersitz Platz nahm und losfuhr. Sie waren fast zwei Stunden unterwegs und Erik hatte fast die ganze Zeit auf seiner Unterlippe gekaut. *Er ist schon sehr nervös,* dachte Paul, *naja, er ist noch sehr jung, so Anfang zwanzig und wenn er sowas noch nie gemacht hat... verständlich. Und wohin zum Teufel fahren wir eigentlich? Näher hätte es doch bestimmt auch was gegeben?!*

„Wohin fahren wir eigentlich?"

Erik schaute kurz zu ihm hinüber und die Anspannung war seinem Gesicht deutlich anzusehen. „Wir sind gleich da." Er starrte wieder stur geradeaus auf die Straße. „Ich möchte nicht, dass mich jemand sieht, der mich kennt."

*Ach so war das...* Paul stellte sich die Konsequenzen vor, wenn Erik sich outen würde. Es viel ihm schwer. Aber konnten diese schlimmer sein, als sein Leben lang ein falsches Bild abgeben zu wollen, nicht das Leben führen zu können, das der eigenen Natur entsprach?

„Wir sind da!"

Erik stellte das Auto auf einem großen Parkplatz ab, sie stiegen aus und gingen Richtung des Eingangs, der nicht zu übersehen war. In riesigen, roten Lettern prangte die Leuchtschrift EAGLE darüber und laute Musik dröhnte ihnen bereits entgegen. Rechts und links des Eingangs standen die Türsteher, zwei riesige Typen, denen eindeutig anzusehen war, dass der Mensch vom Affen abstammte. Sie ließen sie anstandslos passieren und sie betraten einen Flurbereich, nur noch ein großer, dicker, roter Vorhang, der wohl als Windfang diente, trennte sie noch vom Geschehen.

„Wie bist du auf den Schuppen denn gekommen?", wollte Paul wissen.

„Den hab ich gegoogelt."

Paul musste grinsen bei der Vorstellung, wie Erik vorm Computer saß und ins Suchfenster „Schwulenbar" eintippte, ob er wohl eine Postleitzahl mit eingetippt hatte?

„Okay", Paul zog den Vorhang etwas zur Seite und schob Erik vor sich her hindurch, „dann wollen wir mal angreifen."

Das erste was sie sahen, war eine riesige Tanzfläche, voll von sich mehr oder weniger bewegender Männer, viele von ihnen trugen schwarze Lederhosen und da und dort blitzten silberne Ketten im schummrigen, farbigen Scheinwerferlicht auf. Etliche trugen schwarze Schirmmützen, aber auch blank rasierte Köpfe glänzten ihnen entgegen. Erik sah zweifelnd an sich hinunter, er trug, wie Paul, gewöhnliche Jeans und T-Shirt.

„Komm, lass uns erst mal was zu trinken organisieren." Wieder schob Paul ihn vor sich her. Weiter hinten fanden sie die Bar, setzten sich auf zwei der davorstehenden Hocker und bestellten sich jeder ein Bier bei der männlichen Bedienung, die ebenfalls schwarze Lederhosen und oben gar nichts trug. Paul kam nicht umhin, den durchtrainierten, muskulösen Körper neidvoll zu bewundern, der mit einem ansehnlichen Sixpack gekrönt war und zog unwillkürlich selbst den Bauch ein.

Schweigend tranken sie ihr Bier, eine Unterhaltung war bei dieser Lautstärke schwerlich möglich, und ließen ihre Blicke umherschweifen, tatsächlich war nicht eine einzige Frau zu sehen. Sie stellten die leeren Gläser zurück auf die Theke und Paul schlug vor, auf Erkundungsgang zu gehen. Sie drängten sich an der Tanzfläche vorbei und stellten fest, dass es noch mehr kleinere Räumlichkeiten gab, die in noch schummrigeres Licht getaucht waren, als der große Bereich. Da stand ein Tisch, auf dem ein Mann lediglich mit einem String Tanga bekleidet lag, um ihn standen drei weitere, die ihn mit Sahne aus der Dose besprühten, die sie dann auf dessen ganzen Körper verrieben und mit spitzen Zungen ableckten. Schnell gingen sie vorbei und gerieten auf einen Gang, auf dem sich scheinbar mehrere Kabinen, getrennt vom Flur durch schwarze Vorhänge, befanden. Sie tauschten einen kurzen Blick, Erik lupfte kurz einen der Vorhänge und ließ ihn so schnell wieder los, als hätte er sich an dem dicken Stoff verbrannt. „Lass uns abhauen!", stieß er hervor und so schnell sie nur konnten, verließen sie das Eagle, rannten zum Auto und stürzten hinein. Erik umfasste das Lenkrad so, dass seine Knöchel weiß hervortraten, lehnte seine Stirn darauf und murmelte resigniert: „Das ist nichts für mich."

Paul schwieg, wusste nicht, wie er ihn hätte trösten können. Sie machten sich auf den Nachhauseweg. Sie waren etwa eine halbe Stunde unterwegs, bis Paul langsam begann, wieder klar zu denken. *Das kann es nicht gewesen sein!* Er zog sein Handy hervor und klickte sich ins Internet. Nach einer Weile sagte er: „Halt mal bitte bei nächster Gelegenheit an!"

Erik tat wie geheißen und verließ beim nächsten Rastplatz die Autobahn in der Annahme, Paul müsse sich erleichtern, stattdessen lief er um den Wagen und öffnete die Fahrertür. „Ich fahre!"

Verwirrt und ohne Worte wechselte Erik auf den Beifahrersitz und Paul übernahm das Steuer, Erik saß mit hängendem Kopf neben ihm.

Zwanzig Minuten später kündigte Paul an: „Wir sind da!" Erik sah verwundert auf, zu Hause konnten sie doch noch nicht sein!

„Sugar Club" stand über dem Eingang, dem er sich gegenüber sah.

„Nein, nein, Paul, auf keinen Fall!"

„Nun komm schon und lass dich überraschen, vertrau mir!"

Erik schaute ihm ins Gesicht, dann stieg er resigniert aus und folgte ihm mit schlurfenden Schritten. Keine Türsteher dieses Mal. Augenscheinlich eine ganz normale Kneipe mit kleiner Tanzfläche, guter Musik, Männer und Frauen, in Jeans und Shirts wie sie selbst, normale Beleuchtung an der Theke, hinter der ein bärtiger Mittfünfziger stand, dessen Lachfalten über sein ganzes Gesicht zu reichen schienen. Paul ging voran und setzte sich an die Theke. „Zwei Bier, bitte!"

„Kommt sofort, junger Mann!"

Zögernd setzte Erik sich daneben und schaute sich misstrauisch um, sah aber nur in freundliche, plaudernde, lachende Gesichter und entspannte sich.

„Das hier ist ein Homo Club", erklärte Paul leise, „also für Frauen und Männer und ich denke", er ließ seinen Blick umherschweifen, „hier dürfte es kein Problem sein, unter nette Gesellschaft zu kommen…" Er hob sein Glas, um anzustoßen und Erik lächelte.

„Hey, Jungs, Lust auf eine Runde Billard?" Ein wirklich gutaussehender, dunkelhaariger Typ mit Dreitagebart stand vor ihnen und Erik machte große Augen.

„Ja, gerne!" Paul trat Erik ans Schienbein und erhob sich, wo steht denn der Tisch?"

„Super!", der Dunkelhaarige strahlte, „kommt einfach mit."


Als sie nach Hause kamen, war es bereits vier Uhr morgens. Vor Eriks Eingangstür blieben sie nochmal kurz stehen. „Paul", Erik räusperte sich, „ich weiß gar nicht, wie ich dir danken soll! Danke! Es war echt toll, du bist wirklich ein Freund!"

Paul grinste nur und machte sich zufrieden auf den Weg nach oben: Erik hatte seine künftige Stammkneipe gefunden...



Lindas Zustand begann sich erst zu bessern, als sie schon eine Weile mit Tim zu Hause war, alles nötige besorgt war und sich an Ort und Stelle befand. Paul hatte alle Arbeiten zu Hause übernommen, sodass sie sich nur um das Baby zu kümmern brauchte. Er war heilfroh, als er bemerkte, dass es ihr langsam besser ging, da sich sein Urlaub dem Ende neigte.

„Wirst du auch wirklich zurechtkommen, wenn ich wieder arbeiten gehe? Wenn nicht, werde ich fragen ob..."

„Nein Paul, wirklich, alles in Ordnung, wir kriegen das schon hin, nicht wahr?" Lächelnd beobachtete sie Tim, der zufrieden an ihrer Brust saugte. Von Pauls und Eriks nächtlichem Ausflug erfuhr sie nie.

Im März ging es in den Endspurt mit Daniels Haus.

Daniel, Paul, Nico, Linda, sogar Erik schufteten seit Wochen, was das Zeug hielt und wann immer Zeit war, während Fiona sich um den kleinen Tim kümmerte.

Das Haus war wunderschön geworden, großzügig, geräumig und hell, selbst die indirekte Beleuchtung hatte er realisiert. Mit Feuereifer waren sie endlich beim Tapezieren und den Bodenbelägen angelangt. In dieser Zeit ernährten sie sich fast nur noch von Pizza, die Daniel bestellte und die sie schmutzig und mit Farbe beschmiert, wie sie gerade waren, hungrig hinunterschlangen. Das kleine Radio war immer ganz aufgedreht, so dass man im ganzen Haus die Musik hören konnte.

Daniel war glücklich, er sagte selbst von sich, dass nichts und niemand dieses Grinsen jemals wieder aus seinem Gesicht bekäme.

Die gleiche Mannschaft war ebenso eifrig, als es an den Umzug ging, zumal Daniel eine Einweihungsparty versprochen hatte, die sich gewaschen haben würde.

Das tat er auch, die Party war super! Ein Partyservice hatte ein tolles Buffet arrangiert und er hatte jemanden engagiert, der nur dazu da war, nach den Getränkewünschen der Gäste zu fragen und sogar Cocktails mixte.

Natürlich war auch Daniels ganze Familie, und die war groß, mit dabei. Irgendwann nachts aber schubste Nico Paul von hinten an: „Sag mal, wo ist denn Daniel hin verschollen?"

„Du, keine Ahnung!"

„Ich hab ihn seit mindestens einer halben Stunde nicht mehr gesehen, vielleicht sollten wir mal nach ihm schauen?"

„Er wird wahrscheinlich über der Kloschüssel hängen", lachte Paul, aber Nico kniff die Augen zusammen. „Okay, ich helfe dir suchen."

Sie suchten ihn im ganzen Haus, fanden ihn aber nicht, woraufhin sie das Grundstück abliefen.

„Das gibts doch nicht, er ist nicht da!"

„Also, so betrunken, wie er um elf schon war, kann er ja nicht allzu weit sein!"

Das Grundstück befand sich in Randlage und sie beschlossen, zusammen die Wiese hinter Daniels zukünftigem Garten abzulaufen, was im Dunkeln nicht gerade einfach war. Immer lauter wurden ihre Rufe, sie begannen sich Sorgen zu machen und sich auszumalen, was ihm alles passiert sein könnte. Die Wiese endete mit einer Baumreihe und sie blickten sich ratlos um, ein Glück war wenigstens Vollmond. „Sieh mal, da drüben ist ein kleiner Weg."

Der kleine Weg war eher eine Art Trampelpfad und endete an einer kleinen Lichtung. Tatsächlich, sie hatten ihn gefunden! Daniel lag ganz friedlich schlafend und laut schnarchend mitten im Gras.

„Hey, Junge, komm, wir bringen dich nach Hause!"

Sie merkten schnell, dass sie ihn nicht wach genug bekommen würden, schnappten ihn rechts und links unter den Armen und zogen ihn schleppend zurück. Ab und zu lallte er völlig unzusammenhängend: „So schönes Haus! So glücklich, so glücklich bin ich! Ich bin, ich bin doch glücklich, oder? Ah, meine Freunde! Ihr seid meine Freunde! So glücklich! Oder nicht?

Nico und Paul waren heilfroh, als sie wieder beim Haus ankamen. Erik half ihnen dabei, Daniel noch oben zu schaffen. Sie legten ihn ins Bett und zogen ihm die Schuhe aus. „Ich such noch einen Eimer und stell ihn neben das Bett." Nico und Erik gingen wieder nach unten, wo die Party noch in vollem Gange war.

Paul stand da und betrachtete seinen Freund nachdenklich. „Du bist doch glücklich, mein Freund?", murmelte er und war sich selbst nicht sicher, ob das eine Frage oder eine Feststellung war.

Paul dachte manchmal an den Kalenderspruch des Tages von Tims Geburt, wie wahr! Seit der Kleine auf der Welt war, schien die Zeit zu rasen. Er hatte sich angewöhnt, den Kalender morgens nach dem Aufstehen umzublättern, während er Linda und Tim schlafen ließ, da sie nachts aufstehen musste, um ihn zu stillen.

Längst hatte sich ein einvernehmlicher Rhythmus eingependelt, jeder Tag war durchstrukturiert, mit Unterbrechungen wie Dreimonatskolik und Zahnen. Linda und Paul wuchsen als Team zusammen, schienen eins zu werden in ihrem Alltag. Daniel und Nico hatten sich angewöhnt, die beiden öfter zu besuchen, anstatt sich außerhalb zu verabreden, was nur bewerkstelligt werden konnte, wenn Pauls Mutter oder Erik sich zum Babysitten bereit erklärten.

Erik hielt übrigens sein Versprechen: Fast täglich kam er vorbei, um nach seinem Patenkind zu sehen, oft brachte er kleine Geschenke mit. Er war völlig vernarrt in den Kleinen und war ganz traurig, wenn Tim schlief und er ihn nicht auf den Arm nehmen konnte. Das ging sogar so weit, dass, wenn er und Pauls Mutter aufeinandertrafen, sie sich stritten, wer denn Tim nun halten dürfe.

Linda und Paul hatten sich darauf geeinigt, bei ihrer kirchlichen Hochzeit Tim auch gleich taufen zu lassen, den Termin hatten sie auf den achten Mai gelegt.

Es war ein herrlicher Tag mit angenehmen Temperaturen und Sonnenschein. Die Gästeliste war die gleiche, wie bei ihrer Verlobung. Linda trug ein weißes Brautkleid mit engem, schulterfreiem Korsage aus glänzender Seide und ausladendem Rock aus feiner Spitze, sie sah einfach umwerfend aus! Irgendwie hatte sie es sogar geschafft, in den acht Monaten seit Tims Geburt ihr altes Gewicht wiederzuerlangen, nur dass ihre Figur nun weiblicher wirkte, die Hüfte war nicht mehr ganz so schmal und ihr Busen etwas üppiger geblieben.

Sie hatten sich eine schöne, kleine Kapelle ausgesucht, sie lag im Wald, vielleicht kennt sie jemand, die Annakapelle in Burrweiler? Jedenfalls, es ist wirklich sehr schön da, aber hinauffahren durfte ausschließlich das Brautpaar, während die Gäste den steilen Weg nach oben zu Fuß gehen mussten. Pauls Mutter begann zu stöhnen, als sie ins Schwitzen kam und beschwerte sich: „Na toll, bis ich da oben bin hab ich Schweißflecken unter den Armen und stinke!"

Daniel und Nico, die hinter ihr liefen, hatten es gehört, grinsten sich an, legten einen Zahn zu, um sie einzuholen, nahmen sie rechts und links an der Hand und zogen sie so mehr oder weniger mit sich, worauf sie kicherte wie ein kleines Mädchen. Als sie schließlich oben ankamen, ließen sie sie wieder los und Fiona flüsterte ergriffen: „Aber es hat sich gelohnt!" Langsam drehte sie sich im Kreis, blieb dann stehen und bewunderte die herrliche Aussicht, die sich ihr von hier oben aus bot, den weiten Blick über die Rheinebene, die Weinberge und die Dörfer, die von hier oben so malerisch und klein wirkten.

„Hey, Fiona", rief Erik ungeduldig, „kommen Sie, wir sind nicht zum Picknick hier!"

Er hatte den kleinen Tim auf dem Arm und unter dem Sakko schwitzte er tatsächlich…

„Ist ja schon gut!"

Sie folgte ihm hinein. „Oh, wie hübsch!"

Die Kapelle war wirklich nicht groß, sie liefen an den Reihen der Holzbänke vorbei und Fiona setzte sich in die vorderste rechts, während sich Erik mit Tim links platziert hatte, weil auf dieser Seite auch das Taufbecken stand, so war es abgesprochen. Nur Daniel und Nico hatten die freie Wahl und setzten sich direkt hinter Erik, damit sie auch nachher von der Taufe alles sehen konnten. Der Pfarrer stand bereits vorne, den Altar, der sich hinter einem großen Bogen befand und hinter dem riesige, bunte Glasfenster diesen als den Mittelpunkt der kleinen Kapelle auszeichneten, im Rücken. Er unterhielt sich leise mit Paul, bis schließlich die Orgel erklang und alle Köpfe sich Richtung Eingang drehten, wo Linda nun an Erichs Arm hereinkam, die Tür stand weit offen, so dass die Sonne hindurchschien und man regelrecht von ihrem Anblick geblendet war. Langsam schritten sie zum Altar, wo Erich sie freigab und sich neben Paul setzte.

Der Pfarrer war noch sehr jung, vielleicht in Pauls Alter und ein gutaussehender Mann, groß, mit sportlicher Figur und tiefschwarzem Haar.

*Was für eine Verschwendung*, dachte Fiona.

„Liebes Brautpaar, liebe Eltern, liebe Freunde, wir sind hier zusammengekommen…"

Er gestaltete Trauung und Taufe recht kurzweilig und sehr feierlich aber auch locker und endlich forderte er das Brautpaar zum Eheversprechen auf.

Linda und Paul wandten sich einander zu, nahmen sich an den Händen und sahen sich tief in die Augen, voller Liebe und Vertrauen. Linda begann und ihre helle, klare Stimme halte durch das Gebäude: „Paul, ich möchte mit dir durch eine gemeinsame Zukunft gehen, behutsam die ersten Schritte tun, dann und wann größere Sprünge wagen oder, wenn es notwendig ist, auch ein Stück des Weges wieder zurücklaufen. Ich weiß, dass der Pfad nicht immer einfach zu finden sein wird, dass es viele Höhen und Tiefen geben wird und dass wir sicherlich auch durch sehr öde Gegenden kommen werden. Doch egal, wie es um uns herum aussieht, wie dunkel oder wie steil es sein wird - ich werde stets an deiner Seite sein. Ich möchte dir eine gute Freundin sein und eine verlässliche Gefährtin. Ich möchte dir Sicherheit, Kraft und Freiheit geben, deine eigenen Schritte zu tun. Deshalb lass uns jetzt den Segen Gottes annehmen. So haben unsere Vorhaben eine Chance zu gelingen."

Paul hatte die ganze Zeit ihren Handrücken mit seinem Daumen gestreichelt, holte nun Luft und sprach: „Linda, ich liebe dich, weil die Farben meiner Welt zu leuchten beginnen, wenn ich bei dir bin. Ich liebe dich dafür, wie du mit den Menschen umgehst, die uns wichtig sind. Ich liebe es, wie du täglich aufs Neue dem Schicksal die Stirn bietest, für die Art, wie du mich ansiehst, wenn du glaubst, ich bemerke es nicht, liebe es, wenn du mich küsst, als wäre ich das wertvollste, zerbrechlichste Geschenk, das du jemals erhalten hast. Linda, ich liebe dich, weil du mein Herz berührt hast, weil du meine Seele mit deiner Nähe streichelst, weil du das Besondere bist, auf das ich mein ganzes Leben lang gewartet hab. Linda, ich verspreche dir mit diesem Ring, dich zu lieben, zu ehren und dir die Treue zu halten, in guten wie in schlechten Tagen, in Gesundheit und Krankheit, bis ans Ende aller Zeit!"

Die von Ergriffenheit erfüllte Stille wurde nur von Fionas Schluchzen unterbrochen. Erich hatte in weiser Voraussicht ein Päckchen Taschentücher eingesteckt und reichte ihr eines.

Paul steckte Linda den Ring an den Finger und flüsterte: „Für immer!"

Und während sie ihm seinen Ring ansteckte antwortete sie: „Und ewig!"

Als sie die Kirche verließen, erwartete sie mehr als eine Überraschung.

Die erste war, dass alle Kollegen, mit denen Linda direkt zusammengearbeitet hatte, vor der Kirche warteten, um zu gratulieren und ihr Geschenk abzugeben, für welches sie zusammengelegt hatten. Natürlich waren auch Ute und Bastian darunter, die händchenhaltend nebeneinander standen.

Im ersten Moment war das Paul unangenehm, doch als er in sich hinein hörte stellte er fest, dass es ihm überhaupt nichts ausmachte, es ihm völlig egal war!

Erik hatte weiße Tauben organisiert, die er vor der Kirche fliegen ließ. Von begeistertem Staunen begleitet flatterten sie davon.

Daniel und Nico hatten einen Holzstamm aufgebaut, den Linda und Paul unter lauten Anfeuerungsrufen durchsägen mussten. Als sie es endlich geschafft hatten, jubelte und klatschte das Publikum.

Lindas Kollegen begannen, sich zu verabschieden. Paul sah, wie Ute kurz zögerte, dann aber auf ihn zukam und ihm die Hand reichte. Ihre Stimme war leise, als sie zu ihm sagte: „Ich wünsche euch beiden alles Glück der Welt, Paul", sie räusperte sich und fügte dann hinzu: „Es tut mir leid, wie es damals gelaufen ist und wie ich dich behandelt habe. Und … Bastian und ich, also, wir… sind auch verheiratet."

Paul drückte kurz ihre Hand: „Ich weiß, dass ich Fehler gemacht habe, das tut mir auch leid. Aber letztendlich ist ja scheinbar alles richtig gelaufen, auch dir und Bastian alles Gute!"

Sie drehte sich um und ging davon, Linda bedachte ihn mit einem fragenden Blick. Kurz erzählte er ihr von der Begegnung und sagte dann: „Ich habe auch noch eine kleine Überraschung für dich, sieh mal!"

Just in diesem Augenblick fuhr eine große Kutsche mit acht Sitzplätzen, die mit rotem Samt ausgeschlagen waren, und die von sechs schneeweißen Pferden gezogen wurde, vor.

„Darf ich bitten, Frau Jünke?" Er verbeugte sich tief und half der strahlenden, frischgebackenen Ehefrau in die Kutsche.

Hinter sich hörte er seine Mutter mal wieder mit Erik streiten: „Nun gib ihn schon her!"

„Ich denke gar nicht daran!"

„Aber du hast ihn schon die ganze Zeit!"

„Na und?! *Ich* bin der Taufpate und das heute ist *unser* Tag!" Mühelos stieg Erik mit dem kleinen Tim auf dem Arm in die Kutsche und setzte sich Linda gegenüber, während sich Pauls Mutter schmollend von seinem Vater hinein helfen ließ.

Die folgende Feier hatten Pauls Eltern geplant, arrangiert und auch bezahlt, auch wenn Paul sich anfangs dagegen wehrte. Sie fand an einem See statt, direkt am Ufer, der Platz für die Feierlichkeit war mit rotem Teppich ausgelegt worden, so dass niemand Sand in die Schuhe bekommen konnte. Eine kleine Band war einbestellt worden und sorgte für die musikalische Romantik, den Rest besorgten die hübschen, weißen Pavillons, die üppig mit roten Rosen geschmückt waren, ein Partyservice inklusive Personal sorgte für das leibliche Wohl, neugierige Schwäne kamen bis zum Uferrand. Als es dunkel wurde, blitzten unzählige Lichterketten auf und überall wurden Kerzen entzündet. Mit vor Verliebtheit strotzenden Gesichtern wiegten sie sich zärtlich auf der Tanzfläche zur Musik, als Nico mit seinem mitgebrachten Saxofon sich zu den anderen Musikern auf die eigens aufgebaute Bühne begab. Als das Lied zu Ende war, setzte er zu einem Solo an und spielte die Moonlight Serenade. Es ging so unter die Haut, dass von allen Seiten das Geseufze der anwesenden Frauen zu hören war.

Paul legte seinen Arm um seine Frau. „Das ist der zweitschönste Tag in meinem Leben nach Tims Geburt!"

„Ja", hauchte Linda ihm ins Ohr, „genauso wie es jetzt ist, könnte es für immer bleiben!"

Ein frommer Wunsch, doch ein altes Sprichwort besagt: Willst du Gott zum Lachen bringen, dann mach Pläne…

*Vier Jahre später…*

*Dreiundzwanzigster Dezember*

Paul erwachte und rieb sich die Augen. Leise stand er auf und huschte ins Bad, er wollte Linda und Tim nicht wecken, der Kindergarten hatte bereits Ferien. Er freute sich schon auf morgen, sie würden Heiligabend bei seinen Eltern verbringen, Tim war, wie jedes Jahr, schon seit Wochen ganz aufgedreht in der Erwartung des Weihnachtsfestes - und natürlich der Geschenke, die damit einhergingen.

Kurz huschte ein Schatten über sein Gesicht, als er an morgen Abend dachte. Maxs leeres Körbchen stand immer noch genau da, wo es immer gestanden hatte, obwohl seine Eltern sich nie mehr einen Hund geholt hatten. Sie hatten es nie über sich gebracht, das Körbchen zu entsorgen.

Paul genoss die Ruhe, die er hatte, wenn der Rest der Familie noch schlief. Während er unter der Dusche stand, ließ er gedanklich das Jahr, welches sich nun wieder dem Ende neigte, noch einmal Revue passieren. Über Weihnachten würde er dafür keine Zeit mehr haben, Tim war ein sehr aufgeweckter Junge und hielt seine Eltern stets auf Trab und Silvester, der eigentliche Anlass, das Jahr zu überdenken, würde er erst recht nicht dazu kommen, denn dieses Jahr waren sie dran, die Party zu schmeißen mit der Besetzung wie immer: Pauls Eltern, Erik, Nico, Daniel, Ute und Bastian würden kommen.

Ja, richtig gelesen, hier gab es eine Neuerung: Nach der Elternzeit war Linda wieder arbeiten gegangen, wodurch der Kontakt zu Bastian und Ute wieder auferstand. Allmählich hatten sich die beiden Pärchen angefreundet, Ute war zwar manchmal immer noch etwas zickig, Bastian aber war der ausgleichende Fels in der Brandung. Ansonsten hatte sich in den letzten vier Jahren eigentlich, wenn er richtig darüber nachdachte, tatsächlich nicht viel geändert. Stattdessen waren die Jahre an ihnen vorbeigerast, hatten sie seit Tims Ankunft fast kein Zeitgefühl mehr.

Daniel genoss sein Leben in seinem wunderschönen Haus, war aber immer noch alleine. Paul erinnerte sich an Nicos Worte, über die sie damals gelacht hatten, aber vielleicht war mehr Wahrheit daran, als sie damals hätten wahrhaben wollen, vielleicht musste für Daniel wirklich erst eine Frau gebacken werden. Und Nico, ja, bei dem war auch alles beim Alten: er ging arbeiten, um leben zu können und lebte für die Musik.

Und sie selbst, wie ließ sich das am besten beschreiben, führten tatsächlich ein ganz normales Familienleben. Was für andere bieder oder langweilig erschien, war für Linda und Paul das große Glück, um welches sie sich bemühten, es mit beiden Händen festzuhalten.

Er stieg aus der Dusche und trocknete sich ab, ja, er hatte alles was er brauchte zum glücklich sein, die einzige Veränderung, die gewollt anstehen sollte war, dass sie im neuen Jahr ein Haus bauen wollten, nicht so pompös wie Daniels, aber es würde ihres sein. Der Bausparvertrag, den sie zusammen abgeschlossen hatten, wurde im März zuteilungsreif. Es gab also allen Grund, sich auf das neue Jahr zu freuen und mit einem Lächeln im Gesicht kleidete er sich an. Dann ging er ins Wohnzimmer und blätterte, wie jeden Tag, den Kalender um und las:

*Lebe jeden Tag, als wäre er dein letzter!*

Hui, das ist eine schwierige Aufgabe, und das zum Jahresende, dachte Paul. Andererseits vielleicht gerade für diese besinnliche Zeit angebracht.

Er schlüpfte in seine Schuhe und seine Jacke, hatte einen Blitzgedanken, ging noch mal ins Wohnzimmer, zog eine Schublade auf und entnahm ihr die kleine Kamera, die er einst gekauft hatte.

Leise zog er die Tür hinter sich zu und machte sich auf den Weg ins Büro, zum letzten Mal für dieses Jahr, freute er sich. Er freute sich aber auch auf diesen letzten Arbeitstag, um zwölf Uhr mittags wäre bereits Feierabend, viel gab es um diese Zeit nicht mehr zu tun und der Chef drückte an solchen Tagen beide Augen zu. So war sein erster Gang in die kleine Küche, wo Daniel und Nico schon kaffeetrinkend am Tisch saßen: „Einen wunderschönen guten Morgen!", rief er gut gelaunt, noch bevor er durch die Tür war. Seine Freunde grüßten ebenso gut gelaunt zurück, Paul schenkte sich auch eine Tasse ein und setzte sich zu ihnen: „Na, was treibt ihr über die Weihnachtszeit?"

„Wie jedes Jahr", antwortete Daniel, „mit meinen Eltern und Geschwistern auf der Hütte im Schnee."

„Ich auch wie jedes Jahr", grinste Nico, „ein paar Gigs hier und da…"

„An Heiligabend auch?"

„Nee, da bin ich zu Hause…"

„Wie, alleine?"

„Ja, macht doch nix!"

„Das kommt überhaupt nicht infrage, dann kommst du mit uns, wir feiern bei meinen Eltern, es gibt Truthahn und alles was dazugehört!"

„Nein, das ist doch ein Familienfest, da will ich nicht stören…", widersprach Nico halbherzig.

Paul legte ihm den Arm um die Schulter. „Du gehörst zu meiner Familie und keine Widerrede mehr, morgen, achtzehn Uhr bist du bei uns, wir können dann zusammen fahren."

„Sicher?"

„Ganz sicher!"

Nico strahlte, „okay, ich bring den Wein mit!"

„In Ordnung."


Als Paul an seinem Schreibtisch saß, später als gewöhnlich, fuhr er seinen Computer hoch.

*Also, was würde ich tun, wenn dieser Tag mein letzter wäre?*

Er saß da und überlegte eine ganze Weile, sein Computer war längst hochgefahren.

Schließlich rief er Linda kurz an, um ihr zu sagen, dass er erst am späten Nachmittag nach Hause käme, sagte ihr aber nicht warum, dann hämmerten seine Finger entschlossen über die Tastatur.

Er wollte die Homepages aller Tierheime im Umkreis durchforsten. Im vierten, zwanzig Kilometer entfernt, fand er, was er suchte: ein Welpe, im Tierheim zur Welt gekommen, weil seine Mutter trächtig ausgesetzt worden war, der genauso aussah wie Max damals. Paul verliebte sich sofort in den kleinen Fratz auf dem Bild, griff zum Hörer und rief an, um zu fragen, ob er schon vergeben sei. Nein? „Um dreizehn Uhr bin ich da!" Er lächelte zufrieden, warum war er auf diese Idee nicht schon viel früher gekommen?!

Zeit, den nächsten Gedanken umzusetzen. Er nahm ein Blatt Papier und griff nach einem Kugelschreiber, dies hier würde er nicht am Computer tippen, sondern mit der Hand schreiben. Er schrieb und schrieb, brauchte ein zweites Blatt Papier, das er auch noch füllte, faltete die Blätter sorgfältig und steckte sie in ein Kuvert, das er kurz beschriftete. Fest verschloss er den Brief und steckte ihn in seine Jackentasche. Er war fest entschlossen, sich an den Kalenderspruch zu halten. *Da ist schon was dran, man sollte jeden Tag leben, als wäre er der letzte, hätte ich das getan, wären alle diese Dinge, die ich heute tun will, längst getan.*

Er klemmte sich erneut ans Internet, um zu recherchieren, fand was er suchte, nahm ein großes Luftpolsterkuvert, schrieb die Adresse ab, setzte Nicos Adresse als Absender ein, steckte vorsichtig die Kamera zusammen mit einem kurzen Schreiben, das er am Computer getippt hatte, hinein und umwickelte es dreimal mit Klebeband, dann nahm er es und lief damit hinüber zum Schreibtisch des Lehrjungens, der täglich die Post weg brachte: „Hallo Stefan, hier habe ich noch was für dich." Er legte sein Kuvert zur anderen Post dazu. „Geht klar, Paul."

„Ich danke dir, und ich wünsche dir ein frohes Weihnachtsfest!"

„Das wünsche ich dir auch!"

„Feierabend!" Von allen Seiten hörte man kurzes Tastaturgeklapper, als die Computer heruntergefahren wurden und Paul beeilte sich, an seinen Platz zurückzukommen. Mit großem Hallo und allen guten Wünschen wurde sich von allen Kollegen verabschiedet. Beim Hinausgehen liefen Daniel und Nico neben ihm her.

„Silvester geht ja klar?!", versicherte er sich noch einmal rück.

„Klar!"

„Ich freue mich schon drauf! Was gibts denn zu essen?"

Paul lachte: „Mann Nico, du denkst wirklich immer bloß ans Essen! Wir machen Fondue…"

„Super! Das lassen wir uns gefallen, nicht wahr Daniel?"

„Oh ja!"

Sie verabschiedeten sich mit einem Handschlag, wünschten Daniel frohe Weihnachten und Paul erinnerte Nico noch einmal: „Denk dran, morgen achtzehn Uhr!"

„Das vergesse ich ganz sicher nicht", lachte Nico, „wie du schon sagtest, ans Essen denk ich immer!"

„Gemein ist nur, dass du dünn bleibst wie ein Spargel!"

Er zwinkerte ihm noch einmal zu und stieg in sein Auto.

Die erste Fahrt führte ihn nun ins Tierheim, wo er von einer jungen Frau in Gummistiefeln freundlich begrüßt wurde.

„Ich hatte vorhin angerufen, wegen des Welpen…"

„Ja, kommen Sie mit!" Sie ging voran über einen schmalen, betonierten Weg, vorbei an mehreren Zwingern. Sie blieb stehen: „So, da ist er!"

Paul schaute durchs Gitter, da hinten in der Ecke saß er, das kleine, zottelige Wollknäuel. Er ging in die Hocke. „Ja komm mal her mein Kleiner, na komm schon, du brauchst keine Angst zu haben!" Lockend steckte er seine Finger hindurch. Neugierig hob der Kleine den Kopf, stand auf und tapste neugierig näher. Sein kühles, feuchtes Näschen berührte Pauls Fingerspitzen, um ihn zu beschnuppern, dann wedelte er freudig mit seinem kleinen Schwanz. Paul schluckte, genau so hatte Max damals ausgesehen, als sie ihn bekommen hatten, an diesen Tag konnte er sich erinnern, als wäre es heute gewesen…

„Ich nehme ihn!"

„Kommen Sie mit ins Büro", forderte die Frau ihn auf, Paul las ihr kleines Namensschildchen: Anja.

Sie betraten einen kleinen Container, er musste einige Papiere unterschreiben und die Schutzgebühr bezahlen.

„Hören Sie, Anja, ich zahle hundert Euro extra als Spende ans Tierheim, ich habe eine ganz besondere Überraschung vor, deshalb hätte ich da eine Bitte an Sie…"

Als nächstes fuhr Paul zurück in die Stadt, sein Weg führte ihn ganz gezielt zu dem Juwelier, bei dem er damals die Ringe gekauft hatte. Mit großer Freude erinnerte er sich zurück…

Er musste im Parkhaus parken, in direkter Nähe war nichts frei, war klar, so kurz vor Weihnachten…

Er betrat den Laden und strahlte, als der gleiche Verkäufer wieder vor ihm stand: „Darf ich Ihnen behilflich sein?"

„Ja, ich habe eine ganz bestimmte Vorstellung, und Sie haben schon einmal genau das richtige für mich gefunden…"

„Sehr gerne, der Herr, was suchen Sie denn?"

Als Paul den Laden verließ, rieb er zufrieden seine Hände, er war so richtig glücklich, glücklich darüber, einen so sinnvollen Tag verbracht zu haben, das hatte er alles dem

Kalender zu verdanken. Nur für Daniel hatte ihm nicht so recht etwas einfallen wollen. Aber der war wohl auch zufrieden mit allem, so wie es war, zumindest erweckte er den Anschein.

Jetzt nur noch zurück zum Auto laufen und nach Hause fahren. *Huch, was ist das denn?*

Etwas nasses, kaltes hatte seine Nasenspitze berührt, begann es zu regnen? Er wandte seinen Blick nach oben zum Himmel. Nein! Es begann zu schneien, tatsächlich! Ganz kleine Flöckchen noch, doch wenn er sich die Wolken betrachtete, könnten daraus richtig große Schneeflocken werden…

Er überquerte die Straße über den Zebrastreifen, um zum Parkhaus zu gelangen, konnte den Blick von den kleinen Eiskristallen nicht abwenden, ach, wie würde sich Tim darüber freuen! Wenn er zu Hause war, würde er ihn warm einpacken und mit ihm in den Park gehen…

Er erschrak über ein plötzliches, ohrenbetäubendes Reifenquietschen und hörte gleich darauf einen lauten Knall.

*Vierundzwanzigster Dezember*

Ein riesiger Weihnachtsbaum stand mitten im Zimmer, der ganze Raum war festlich geschmückt. Linda hatte mit Tim bei Pauls Eltern übernachtet und stand nun mit Fiona in der Küche und half ihr dabei, das Essen zuzubereiten. Den ganzen Tag über waren sie sich so gut es ging aus dem Weg gegangen, hatten nur das nötigste geredet, jeder hatte immer wieder den Rückzug gesucht, um seinem Kummer Lauf zu lassen. Dem Jungen zu Liebe hatten sie aber beschlossen, Weihnachten dennoch zu feiern und sich damit abgewechselt sich mit Tim zu beschäftigen, mit dem Wissen, dass der andere sich im Bad eingeschlossen hatte.

Pauls Vater spielte nun mit seinem Enkel im Wohnzimmer Mensch ärgere dich nicht.

Sie arbeiteten schweigend nebeneinander stehend, die ganze Zeit ohne sich anzusehen, fast war das Essen fertig. Unvermittelt jedoch legte Pauls Mutter ihre Hand auf Lindas und sah sie an. Linda schaute auf und schaute ihr ins Gesicht, ihre Augen waren stark gerötet und schienen zu schwimmen und Linda wusste, dass sie genauso aussah, innerhalb von ein paar Stunden schienen sie um zehn Jahre gealtert.

„Linda, mein Kind…" Endlich fielen sie sich in die Arme, wollten in dem Meer ihrer Tränen ertrinken, weinten laut und herzerweichend, Pauls Vater stellte drüben die Weihnachtsmusik lauter.

Nach einer gefühlten Ewigkeit schluchzte Linda: „Er wusste es…"

Pauls Mutter schob sie etwas von sich, sodass sie ihr ins Gesicht sehen konnte. „Wie meinst du das?"

„Er hat Tim einen Brief geschrieben, zu übergeben, wenn er achtzehn ist… sie haben ihn mir gegeben… zusammen mit dem da…"

Sie zog ein kleines Päckchen aus ihrer Hosentasche, liebevoll in weihnachtliches, rotes Geschenkpapier gewickelt, einer schneeweißen Schleife und einem kleinen Glöckchen dekoriert.

„Er… er hatte es in seiner Tasche… und… und… wir hatten ausgemacht, … uns nichts zu schenken…" Sie wurde von einem heftigen Zittern erfasst. „Wir… weil wir doch nächstes Jahr… bauen wollten." Sie sank zurück in Fionas Arme. So standen sie, eine gefühlte Ewigkeit, ohne sich gegenseitig Trost spenden zu können, dafür aber sich dem Bewusstsein hingebend, mit ihrer Trauer nicht alleine zu sein.

„Er hat mich alleine gelassen! Er hat mich einfach alleine gelassen! Genau wie meine Eltern und er hat mir doch versprochen…"

„Aber Kind!" Fiona zog sie noch fester an sich. „Wie kannst du sowas auch nur denken! Er hatte dich über alle Maßen geliebt, er hätte dich doch nie… Linda, bitte, ich habe meinen Sohn verloren, lass mich wenigstens meine Tochter behalten!"

Das Läuten an der Haustür ließ sie einen verwunderten Blick tauschen. Sie hörten, wie Erich öffnete, langes Gemurmel im Flur.

Dann öffnete sich langsam die Küchentür und Nico stand vor ihnen, schneeweiß im Gesicht.

„Ich wusste nicht... oh mein Gott! Ich weiß nicht, was ich sagen soll..." Er weinte lautlos.

Völlig aufgelöst standen sie sich gegenüber und starrten sich an. „Er, er hat mich gestern eingeladen... ich geh wohl besser..." Seine Stimme drohte zu versagen und er wandte sich um.

„Nein", Linda streckte ihren Arm nach ihm aus, „komm her." Die drei hielten sich gegenseitig fest, bis Fiona sich aus der Umarmung löste. „Ich muss nach dem Truthahn sehen, das Essen ist gleich fertig..."

Da klingelte es erneut an der Haustür. „Kommt Daniel auch?"

„Nein", antwortete Nico, „der ist bei seiner Familie..."

Jetzt war es Fiona, die zur Tür lief, um zu öffnen. Vor ihr stand eine fremde junge Frau und sie hatte keine Ahnung, was diese wollte.

„Frohe Weihnachten, Frau Jünke! Ich bin doch hier richtig? Ich bin Anja und ihr Sohn, Paul, war gestern bei uns und hat mich gebeten, ihnen ihr Weihnachtsgeschenk zu bringen, weil es eine Überraschung sein soll. Ich hoffe nur, dass sie sich darüber auch freuen!" Ohne eine Antwort abzuwarten, drehte sie sich um und ging die paar Schritte zurück zu ihrem Auto. Fiona starrte ihr fassungslos hinterher. Gleich darauf kam die junge Frau zurück und drückte ihr etwas in die Arme, etwas weiches, warmes.

„Ich wünsche Ihnen noch einen schönen Abend, ich mach mich jetzt auch gleich wieder auf den Weg, ihr Sohn wird ja hier sein und meine Familie wartet auch schon auf mich… Wenn was ist, Paul hat ja meine Nummer!" Weg war sie.

Fiona schaute dem Auto hinterher, bis es um die Ecke verschwunden war, dann drehte sie sich um, ging wieder hinein, drückte langsam mit ihrem Hintern die Türe ins Schloss und blieb im Flur stehen. Fassungslos starrte sie auf das kleine Wollknäuel in ihren Armen, der Kleine sah genauso aus, wie Max damals. Er hatte im Auto wohl geschlafen, jetzt wurde er langsam lebhaft und wollte ihr Gesicht ablecken.

„Alles in Ordnung, Fiona?" Sie sah direkt in Lindas Augen. „Du hattest recht", stammelte sie, „er wusste es… Ich verstehe nicht…, aber… er wusste es."

Daniel hatte noch keinen blassen Schimmer davon, was geschehen war, ausgelassen feierte er mit seiner Familie auf der Hütte in den Bergen, er war schon etwas angetrunken und das Essen würde noch eine Weile dauern.

Er beschloss, vorher noch einen kleinen Spaziergang zu machen und frische Luft zu schnappen, schließlich wollte er zum Essen noch ein Glas Wein trinken.

Er trat hinaus in die sternenklare Nacht, stapfte durch den Schnee und zog gierig die kühle Nachtluft ein, vorbei an anderen Hütten, bis er den kleinen Wald erreichte. Die Tannen waren mit Schnee bedeckt und sahen aus, als wären sie mit Zuckerguss bestreut. Er lehnte sich an einen Stamm und genoss es, für eine kurze Weile alleine zu sein, als ihn plötzlich jemand fragte: „Auch noch ein kleiner Spaziergang vor dem Essen?" Er drehte sich in die Richtung, von der die Stimme kam, es war eine junge Frau und im Dunkeln konnte er sie nur schemenhaft erkennen, sie trug eine Winterjacke und eine dicke, rote Wollmütze bedeckte ihren Kopf.

Er näherte sich ihr. „Ja, tut gut, nicht wahr?" Er stand nun vor ihr und konnte ihr Gesicht sehen, sie lächelte ihn an. Irgendwie schien sie ihm auf unerklärliche Weise vertraut, er musterte sie eingehend, dann stieß er mit aufgerissenen Augen hervor: „Du bist es!"

„Wie, ich bin es?" Verwundert sah sie ihn an und schien zu überlegen, ob sie sich kannten, kam aber offensichtlich nicht darauf.

„Ich hab dich mal umgefahren!"

Sie lachte, ein glockenhelles Lachen, kleine Fältchen bildeten sich um ihre Augen: „Das müsste ich doch wissen!"

„Im Schnee, beim Skifahren!"

„Na dann", sie streckte ihm ihre Hand hin, „freut mich, ich bin Hannah!"


Es war spät in der Nacht, Nico war gegangen und sie waren alle zu Bett gegangen. Linda verbrachte diese Nacht nochmal mit Tim im Gästezimmer, Pauls ehemaliges Kinderzimmer, ihrer Schwiegereltern. Tim schlief schon seit geraumer Weile tief und fest, sie hörte sein ruhiges Atmen, das sie aber nicht beruhigen konnte. Hellwach starrte sie durch die Dunkelheit an die Zimmerdecke, Pauls Geschenk lag immer noch verpackt neben ihr auf dem Nachtschränkchen. Unruhig wälzte sie sich von einer Seite auf die andere. Ihr Blick wanderte zu dem beleuchteten Wecker: zwei Uhr einundvierzig.

Sie tastete nach dem Schalter der kleinen Nachttischlampe und knipste sie an. Sie setzte sich auf und betrachtete das Päckchen, nahm es an sich und umschloss es mit ihren Händen.

Schließlich zog sie behutsam die kleine Schleife auf, entfernte das Papier, ohne es zu zerreißen, legte es auf das Nachtschränkchen und strich es glatt. Sie musterte die kleine Schmuckschatulle und öffnete schließlich den Deckel. Mit geweiteten Augen bewegte sie die kleine Schachtel sachte im schwachen Schein der kleinen Lampe, sodass der große Rubin in Form eines Herzens schillerte und rote Punkte an die Decke warf. Der Anhänger war an einer goldenen Kette befestigt, sodass sie ihn um den Hals würde tragen können. Vorsichtig nahm sie das Schmuckstück heraus, der Anhänger war schwerer, als sie gedacht hätte. Sie drehte und wendete ihn zwischen ihren Fingern, bis sie schließlich einen winzigen Verschluss entdeckte, es war ein Medaillon, das sie nun zitternd öffnete. Nun, da es aufgeklappt war, hielt sie zwei aneinander befestigte Herzen in der Hand, in der rechten Hälfte befand sich ein kleines Foto, zurechtgeschnitten, sodass es sich perfekt in die Goldeinfassung schmiegte. Das Foto zeigte ihre Gesichter, Pauls und ihres, glücklich in die Kamera lachend. Sie hatten es mal zusammen an einem Automaten im Kaufhaus gemacht.

Lindas Tränen schienen wie Feuer auf ihren Wangen zu brennen, als sie die Gravur auf der linken, goldenen Hälfte las:

*für immer,*

*und ewig!*

Sie legte sich zurück aufs Kissen und das geöffnete Medaillon an ihr Herz gedrückt, schlief sie irgendwann ein.

*Achter Februar*

Nico kam gerade von der Arbeit heim.

Schweren Schrittes schlurfte er zum Briefkasten und nahm die Post heraus, dann ging er hinein. Seit Paul nicht mehr da war, hasste er es, zur Arbeit zu gehen, den leeren Stuhl seines Freundes zu sehen, der ihm so sehr fehlte.

Er warf die Briefumschläge auf den Küchentisch, nahm sich eine Dose Bier, die er vergessen hatte kaltzustellen und setzte sich. Er erhob die Dose in seiner Hand, „Prost, Paul!", und trank, Hunger hatte er keinen.

Lustlos schob er die Briefe auseinander, Werbung... nochmal Werbung... Rechnung... was ist das?

Er nahm den fraglichen Brief in die Hand und las den Absender:

The Black Panther Group

Nico stellte die Bierdose beiseite. The Black Panther Group war eine der größten und bekanntesten Jazzbands seiner Zeit!

Er riss das Kuvert auf, zog das Blatt Papier heraus, das drinnen steckte und überflog:

Sehr geehrter blablabla... haben wir das nette Schreiben Ihres Freundes Paul zusammen mit der Kamera erhalten... mit Begeisterung angesehen...bitten wir Sie, uns anzurufen… Vorstellungstermin… mit uns auf Tournee… würden wir uns freuen!

Nico warf den Brief zurück auf den Tisch, als hätte er sich an dem Papier verbrannt. Seine Hand suchte nach der Dose, ohne den Blick von dem Schreiben abzuwenden, fand sie, stellte sie wieder hin ohne zu trinken, nahm den Brief wieder an sich, las ihn noch einmal, dieses Mal richtig… und noch einmal… und immer wieder, bis er endlich begriff, dass er die Chance seines Lebens in Händen hielt.

*Wie alt müssen wir werden um zu verstehen, wie wertvoll ein jeder Augenblick ist*

Lieber Leser, liebe Leserin,

ich danke dir dafür, dass du meine Geschichte gelesen hast und hoffe, du konntest dich in Paul ein bisschen verlieben…

Wenn du mir jetzt wegen des Endes am liebsten den Kopf abreißen möchtest, so möchte ich an dieser Stelle folgendes erklären:

Diesem Roman ging letztes Weihnachten eine Kurzgeschichte voraus, sie handelte von dem Engel Paul. Von allen Seiten bekam ich Beschwerden, dass für Paul eine Kurzgeschichte zu wenig sei, er sei doch so sympathisch!

So setzte ich mich hin und schrieb über Paul den Menschen, wollte von seinem Leben erzählen.

Und jetzt kommt mein Friedensangebot, sozusagen ein kleines Trostpflästerchen: Ich hänge besagte Kurzgeschichte dran, damit du von Paul noch ein bisschen was hast…

# Pauls Flügel

„So ein Mist!" Schon wieder war Paul irgendwo gelandet, ohne dass ihm vorher jemand etwas davon gesagt hätte, geschweige denn wohin oder worum es ging. Als ob das zu viel verlangt wäre! So sprangen sie mit den „minderwertigen" Engeln da oben um! Wenn er nur endlich seine Flügel bekäme! Dann wäre alles besser! Er würde selbst wissen, wann er wo was zu tun hätte und sich selber dahin befördern. Ärgerlich zupfte er seinen Schal zurecht. Mal sehen: Ein Marktplatz, viele Menschen, überall blitzten und blinkten bunte Lichter. In der Mitte stand ein riesiger Weihnachtsbaum und an den Ständen gab es Glühwein, Lebkuchen, Schokolade, Schmuck, überhaupt alles mögliche zu kaufen. Wehmütig erinnerte er sich an die Zeit, als er noch Mensch war und selbst mit Linda, seiner Frau, und seinem Sohn Tim gemütlich über den Weihnachtsmarkt geschlendert war. Er erinnerte sich an Tims große, staunende Augen, voller Vorfreude auf Weihnachten. Aber das war Vergangenheit. Und die Erinnerung schmerzte...

Zwei Jahre war es jetzt her, dass ein Autounfall ihn plötzlich aus dem Leben gerissen hatte und seitdem hatte er auch seine Familie nicht mehr gesehen. Tim war jetzt sieben

Jahre alt. Verdammt, oh, ich meine: meine Güte! Er brauchte doch seinen Vater- er brauchte ihn! Wenn er doch nur seine Flügel hätte! Dann könnte er zwischendurch immer mal nach ihnen sehen, ob auch alles in Ordnung war, wie es ihnen ging, wie Tim sich entwickelte. Gedankenverloren starrte Paul auf den großen Weihnachtsbaum. Das zweite Weihnachten ohne seine Familie. Weihnachten, das Fest der Liebe. Das Fest der Sentimentalität. In dieser Zeit war Paul besonders traurig. Ob es Linda und Tim ebenso ging?

Wütend trat Paul fest in den Schneehaufen, den man aufgehäuft hatte, als man den Weg freigeschaufelt hatte. Eigentlich hätte er auseinander staben sollen, doch nichts geschah. Klar, er hatte ja keinen Körper mehr, dafür wurde er jetzt noch wütender. Was sollte er hier überhaupt? Welcher kleine Handlangerauftrag wartete hier auf ihn, in seiner Heimatstadt, auf seinem Weihnachtsmarkt, den er nicht ein Jahr versäumt hatte. Wenn er könnte, würde er heulen!

Langsam bewegte er sich durch die Menge. Nicht mal den Glühwein konnte er mehr riechen! Unmutig glitt er durch einen Mann hindurch, der sich daraufhin erstaunt umsah.

Und dann, unter all den lachenden, schwatzenden, essenden Menschen erkannte er ein Kichern, so hell und klar wie Glockengeläut - und so vertraut, dass es Paul warm ums Herz wurde. Linda! Sie war hier! „Linda, wo bist du?" Suchend schaute er sich um. Endlich! Endlich würde er sie wiedersehen.

Da, er hatte sie gefunden. Sie stand an der Weihnachtsbäckerei, wo die Kinder selbst Plätzchen machen durften. Ihre langen, dunklen Locken waren von einer roten Zipfelmütze bedeckt, die mit batteriebetriebenen, blinkenden Sternen geschmückt war. Paul lachte. Typisch Linda! An Weihnachten konnte es für sie gar nicht kindisch genug sein, als wär sie selbst noch ein Kind.

Freudestrahlend trat er neben sie. „Oh Linda, ich hab dich so vermisst!" Zärtlich berührte er ihre Wange. Gleich darauf strich sie mit ihrem behandschuhten Finger über genau die Stelle und Paul freute sich. Suchend sah er sich in der Weihnachtsbäckerei um. Hier war Hochbetrieb und die Kinder standen geduldig wartend in der Schlange, obwohl sie doch zu Hause mit ihren Müttern auch Plätzchen buken...

Da! Die gleiche, alberne Mütze, wie Linda sie trug. Paul näherte sich dem kleinen Jungen, der hochkonzentriert über sein Werk gebeugt war und dessen Mütze, weil viel zu groß, das halbe Gesichtchen bedeckte. Paul ging in die Hocke und betrachtete ihn liebevoll.

„Hallo Tim, du hast keine Ahnung, wie sehr ich mich freue dich zu sehen. Ich hab dich so vermisst, du kannst dir gar nicht vorstellen, wie sehr! Und wie groß du geworden bist!" Er hauchte Tim einen Kuss auf die Wange. „Wie gern würd ich jetzt hier mit dir sitzen, mit dir Plätzchen backen, mit dir zu Hause den Weihnachtsbaum schmücken..."

„Fertig!", rief Tim unvermittelt und winkte Linda, sich sein Werk anzusehen. Linda kam herbei und bestaunte es gebührend. Auch Paul betrachtete nun das süße Gebäck, das Tim zu drei Männchen und einem Weihnachtsbaum geformt hatte. Den Baum hatte er mit bunten Zuckerstreuseln bestreut.

„Das hast du toll gemacht!", lobte ihn Linda.

„Das bin ich", erklärte Tim und zeigte auf das kleinste Männchen, „und das da bist du und hier ist Papi. Und wir sind alle zusammen um den Baum, den Papi und ich geschmückt haben und feiern Weihnachten!"

Linda lächelte traurig. „Das ist wirklich wunderschön, mein Schatz!" Sie räusperte sich und wischte sich mit dem Handrücken verstohlen über die Augen. „So, jetzt kommt alles kurz in den Ofen und dann darfst du es mit heim nehmen." Sie gab ihm einen Kuss auf die Mütze.

„Denkst du, Papa kann uns sehen vom Himmel aus und mit uns die Weihnachtslieder singen?"

„Aber ja, Tim, ganz sicher!" Linda drückte ihn ganz fest an sich.

„Ja, Liebling, ich kann dich sehen!" Traurig legte Paul seine Hand auf Tims. Im Moment zumindest, dachte er resigniert. Wenn er doch nur wenigstens seine Flügel hätte!


Er folgte Linda und Tim nach Hause. Sie stiegen die Treppen nach oben in die zweite Etage und betraten die vertraute Wohnung. Paul sah sich um. Alles sah noch genauso aus wie vor zwei Jahren, Linda hatte nichts verändert. Er freute sich so sehr daheim zu sein, fast so, als wäre er nie fort gewesen. Und doch war es so, dass er nicht mehr da war, nicht für seine Familie, weshalb er zugleich von tiefster Traurigkeit erfüllt wurde. Seltsam, zum ersten Mal erfuhr er ein so derart gemischtes Gefühl…

Er betrat das Schlafzimmer. Linda hatte beide Betten bezogen, als würde er noch hier schlafen. Wahrscheinlich empfand sie so mehr seine Nähe und fühlte sich nicht so alleine.

Als es an der Haustür klingelte, begab er sich wieder hinüber ins Wohnzimmer und hörte, wie Linda öffnete.

„Hallo Bastian, komm rein!"

Bastian? Das war doch… richtig, Lindas Arbeitskollege! Sie hatten sich sehr gut verstanden und ab und an etwas zusammen unternommen. Also Paul, Linda, Bastian und dessen Frau Ute. Nett von ihm, vorbeizuschauen.

„Kaffee?"

„Gerne!"

Bastian setzte sich auf die Couch, während Linda in der Küche verschwand, um mit zwei Tassen Kaffee zurückzukommen. Sie reichte ihm eine davon und setzte sich neben ihn.

„Schön, dass du vorbeikommst! Warst du gerade in der Nähe?"

„Och, ich dachte, ihr braucht vielleicht Hilfe beim Weihnachtsbaum schmücken?" Bastian lächelte charmant und Linda errötete leicht.

WIE? Paul beobachtete empört die Szene. Das waren seine Frau, sein Junge und sein Weihnachtsbaum! Und überhaupt! Wieso wurde Linda rot? Wo war Ute? U T E!!!

Tim kam hereingeschneit und begrüßte Bastian strahlend. Er hüpfte auf seinen Schoß und umarmte ihn.

Und Paul konnte nichts dagegen tun. Er fühlte sich, als würde ihm jemand den Boden unter den Füßen wegziehen.

„Super! Du schmückst mit mir den Weihnachtsbaum? Weißt du, das hab ich immer mit Papi gemacht und Mami und ich kommen nicht oben hin, um den Stern aufzusetzen."

„Es wäre mir eine Ehre!"

Dieser, dieser Schleimsch…! Paul kochte.

„Ich bau nur noch schnell mein Haus fertig, das ich angefangen habe, dann können wir loslegen." Tim verschwand wieder in seinem Zimmer. Die Legosteine hatte er vor zwei Jahren zu Weihnachten bekommen.

„Wie läufts mit Ute?", fragte Linda.

Na endlich mal das richtige Thema! Paul setzte sich neben Linda auf die Couch.

„Naja", Bastian nahm einen Schluck Kaffee und stellte die Tasse wieder auf den Tisch, „seit der Scheidung habe ich nichts mehr von ihr gehört. Sie ist wohl ganz glücklich mit ihrem neuen Lover."

Nanu, Bastian war geschieden? Deshalb hockte er also bei seiner Linda! Konnte er sich nicht irgendeine nette, kleine Freundin suchen?!

„Weißt du, Linda," jetzt wurde Bastian auch noch rot, „ich weiß, du hast Paul sehr geliebt und ihr beide ward sehr glücklich miteinander", was kam denn jetzt?, „aber es ist schon zwei Jahre her und ich..." Bastian unterbrach sich und schaute Linda nun direkt in die Augen. Es war ihm wohl ernst, der Kerl startete einen Annäherungsversuch!

Bastian rückte näher zu Linda und legte seinen Arm um sie. Ganz weich und zärtlich wurde sein Blick. Linda schmiegte sich an ihn, sie fühlte sich wohl in seiner Gegenwart...

„NEIN! Linda! Du gehörst zu m i r!" schrie Paul, gerade in dem Moment, als Bastian Anstalten machte, sie zu küssen. Im gleichen Augenblick schreckte Linda zurück. „Ich kann nicht, Bastian, ich kann nicht!", stammelte sie.

Gott sei Dank, dachte Paul, das wär ja noch schöner!

Plötzlich spürte Paul, wie er sich materialisierte. Oh nein, er wurde wieder weggeholt, ausgerechnet jetzt, wo er doch endlich wieder zu Hause war.

Er war wieder oben.

„Na Paul, immer noch keine Flügel?", verspottete ihn einer dieser hochnäsigen Engel.

„Sehr witzig!", grummelte Paul wütend.

„Der Chef will dich sprechen!"

Auch das noch!

„Ich geh ja schon."

Die Tür öffnete automatisch und er betrat das Chef-Büro.

„Setz dich doch, Paul!"

Paul setzte sich grußlos.

„Was gibts, Chef?"

„Paul, ich weiß, das ist ein sehr heikles Thema. Aber du bist nun seit zwei Jahren tot. Seitdem sind deine Frau und dein Sohn allein da unten, mit all ihren Problemen. Deine Frau muss arbeiten, den Haushalt führen und den Jungen alleine großziehen. Dein Sohn hat keine männliche Bezugsperson mit der er, naja, sich eben über Männerprobleme austauschen kann… Was ich dir sagen will, Paul", er machte eine bedeutungsschwere Pause, „meinst du nicht, es wäre Zeit für deine Familie, wieder glücklich zu sein?"

Zornig erhob sich Paul. „Nein! Sie sind glücklich! Glücklich mit mir!"

„Setz dich wieder hin!", befahl der alte Mann.

„Paul, du bist nicht mehr da, nicht für sie, nur noch in ihrer Erinnerung! Haben sie nicht mehr verdient? Sie könnten es so viel leichter, so viel schöner haben." Er stand auf, lief um seinen Schreibtisch und legte seine Hand auf Pauls Schulter. „Hör zu, " meinte er sanft, „es ist Zeit für dich, Zeit loszulassen. Und jetzt geh."

Paul ging ohne ein Wort hinaus und wieder war er gemischten Gefühlen ausgesetzt. Loslassen? Auf keinen Fall! Das war s e i n e Familie, s e i n Leben! Er spazierte über die Wolken. Hm, auf der anderen Seite… hatte der Chef insofern Recht, dass er für sie eben nicht mehr am Leben war. Konnte er zulassen, dass ein anderer Mann seinen Platz einnahm? Konnte er? Er liebte Linda, er liebte Tim. War seine Liebe groß genug, selbstlos genug, zurückzutreten, damit seine Frau einen neuen Mann bekäme, sein Sohn wieder einen Vater?

Drei Tage grübelte er darüber nach, auf Wolken liegend, spazierend, träumend von der gemeinsamen Zeit. Bis dass der Tod euch scheidet… wollte er mehr? Wollte er über den Tod hinaus?

Zum T...., heute war Heiligabend und Paul wollte seine Familie glücklich sehen! Kaum hatte er den Entschluss gefasst, befand er sich wieder im geliebten Wohnzimmer zu Hause.

Tim spielte im Kinderzimmer und Linda saß mit ihrer Freundin Anne bei einer Tasse Tee am Küchentisch.

„Und, werdet ihr Heiligabend zusammen verbringen?" fragte Anne gerade.

„Nein." Linda senkte den Kopf. „Weißt du, nachdem er versuchte, mich zu küssen und ich ihm gesagt habe, dass ich das nicht kann, habe ich nichts mehr von ihm gehört."

„Aber du magst ihn doch?"

Linda nickte langsam.

„Du magst ihn sehr!", wiederholte Anne mit fester Überzeugung.

Genau, Anne, weiter so! Alles meine Schuld, dachte Paul mit schlechtem Gewissen. Sag ihr, sie soll ihn anrufen!

„Ach Linda, ich weiß, dass du Paul sehr geliebt hast. Aber es ist jetzt zwei Jahre her, du bist noch so jung und Tim braucht einen Vater. Was glaubst du, wie das erst wird, wenn er in die Pubertät kommt!" Anne lachte. Paul schmunzelte. Anne hatte zwei Töchter, sie waren jetzt fünfzehn und siebzehn, er konnte sich gut vorstellen, was da abgehen konnte...

„Außerdem wärs für Tim doch schön, noch ein Geschwisterchen zu haben."

Paul schluckte schwer. Trotzdem trat er zu ihr hin und flüsterte ihr ins Ohr: „Sag ihr, sie soll ihn anrufen."

„Ruf ihn an!", forderte sie prompt, „Paul hat bestimmt nichts dagegen!"

„Meinst du? Bist du da sicher?", fragte Linda unsicher. „Ich fühle mich, als würde ich ihn betrügen."

Anne tätschelte ihre Hand. „Ach Linda, all die Jahre wollte Paul nichts anderes, als dich und Tim glücklich zu sehen. Wie sollte sich das geändert haben?"

Paul schämte sich.

„Na schön." Linda griff nach ihrem Handy, das auf dem Küchentisch lag.

„Hallo Bastian, ich bins Linda", stammelte sie. „Möchtest du Heiligabend mit uns verbringen?"

Siebzehn Uhr. Anne war gegangen, dafür stand Bastian nun tatsächlich vor der Tür. Verlegen standen sie sich gegenüber.

„Komm rein", bat Linda. Sie betraten das Wohnzimmer, in dem der Weihnachtsbaum stand, wunderschön, geschmückt mit dem gleichen Schmuck wie jedes Jahr, nur der Stern auf der Spitze fehlte.

„Ich hab Glühwein gemacht." Noch immer wollte kein rechtes Gespräch aufkommen. „Magst du?"

„Ja, gern!" Verloren stand Bastian mitten im Zimmer, während sie in der Küche hantierte. Plötzlich tat er Paul leid. Er wusste, dass Bastian ein guter Kerl war, er würde Linda ein liebevoller Mann sein und Tim ein guter Vaterersatz. Vielleicht nicht so gut wie er, aber...

„Hier." Linda kam zurück und reichte Bastian ein Glas mit dampfendem Glühwein und stellte einen Teller mit selbstgebackenem Gebäck dazu auf den Tisch. Hmm, immer noch die gleichen Sorten, die Paul so sehr mochte. Zu gern würde er eines essen. Er ging hinüber ins Kinderzimmer und setzte sich zu Tim aufs Bett, der in einem Buch las.

„Hallo, mein Schatz!" Er streichelte Tim über das verstrubbelte Haar. „Hör mal, Bastian ist da, er könnte deinen Stern auf die Baumspitze setzen."

Tim legte das Buch zur Seite, stand auf und hopste ins Wohnzimmer.

„Oh, hallo Bastian!",rief er erfreut und unterbrach damit endlich die peinliche Stille. „Da bist du ja gerade noch rechtzeitig gekommen, du musst den Stern aufsetzen, bevor das Christkind kommt!" Er schnappte sich den kleinen

Karton, der auf dem Sideboard lag und entnahm ihm den Stern, der im Kerzenlicht glitzerte und funkelte. Er hielt ihn Bastian mit erwartungsvollem Blick hin. Bastian zögerte und schaute unsicher hinüber zu Linda.

„Es ist in Ordnung", flüsterte Paul.

Bastian streckte sich und ganz langsam und vorsichtig brachte er den Stern an seinem Platz an, die Krönung des Weihnachtsbaums. Ehrfurchtsvoll und staunend standen die drei mit großen Augen davor und ließen ihn auf sich wirken.

„So", lachte Linda erleichtert, „jetzt gehst du nochmal in dein Zimmer und wenn du das Glöckchen hörst, war das Christkind da und du darfst rüberkommen." Sie gab Tim einen Kuss auf die Wange und zerwühlte sein Haar, genau wie Paul vorhin. „Okidoki!", und schon war er weg.

Linda und Bastian lachten, die Anspannung begann, sich zu lösen. Gemeinsam holten sie die Geschenke, die Linda liebevoll verpackt im Schlafzimmerschrank versteckt hatte und drapierten sie auf künstlerische Art und Weise unter dem Baum, bis ein postkartenreifes Bild entstand.

Als Bastian sich wieder erheben wollte, blieb er an einer Kugel hängen, die verräterisch ins Schwanken kam. Paul eilte hinzu und gab ihr den Rest, so dass sie herunterfiel und kaputtging. Linda ging zu ihm in die Hocke, um ihm zu helfen, wobei sich ihre Hände streiften. Erschrocken schauten sie sich an und konnten den Blick nicht mehr voneinander wenden.

„Nun küss sie schon!", raunte Paul ihm ins Ohr. Aber Bastian traute sich nicht und so beugte Paul sich zu Linda hinüber: „Schatz, ich liebe dich über alles und werde dich immer lieben, das weißt du! Aber es ist Zeit loszulassen, also sag ihm, dass es in Ordnung ist."

„Es ist okay", flüsterte sie. Langsam näherten sich ihre Gesichter an, bis Bastians Lippen zögerlich die ihren berührten, sich dann aber nicht mehr von ihnen trennen wollten.

Paul sah zu, wieder diesen gemischten Gefühlen ausgesetzt, doch es wurde immer wärmer um ihn, denn er wusste, er hatte das Richtige getan und so wurde ihr Glück zu dem seinen.

Plötzlich juckte es ihn am Rücken und er kratzte sich, ohne sich darüber zu wundern, wie das sein könne, so vertieft war er in das weihnachtliche Glück, dann juckte es stärker und stärker und seine Hand wanderte über seinen Rücken und… was war denn das?

Flügel, ihm wuchsen Flügel!

Endlich! Endlich war es soweit!

Er breitete sie aus und sie waren schön, so wunderschön, sie fühlten sich so gut an!

Vorsichtig erhob er sich und schwebte einen halben Meter über dem Boden, als Bastian und Linda ihren Kuss unterbrachen.

„Frohe Weihnachten!", flüsterte Linda.

„Frohe Weihnachten!" Bastian strich ihr sanft eine Haarsträhne hinters Ohr.

„Frohe Weihnachten!", rief Paul aus tiefstem Herzen und gleichzeitig riefen Bastian und Linda: „Frohe Weihnachten, Paul!"

Ihr wollt wissen, wie es weiter geht? Was aus Fiona, oder Linda wird? Und den ganzen anderen, liebgewonnenen Protagonisten?

Über ein Jahr ist es nun her, dass Paul starb. Immer noch fällt es seinen Angehörigen schwer, mit seinem Tod klar zu kommen. Sie versuchen, irgendwie weiter zu machen.

Jeder kämpft auf seine Art um ein halbwegs normales Leben und ein bisschen Glück.

Natürlich habe ich noch viel mehr für dich geschrieben, all meine Romane sind überall als Taschenbücher und E-Books erhältlich.

Danksagung

An dieser Stelle ist es mir ein großes Bedürfnis, danke zu sagen:

Danke Nico für das wunderschöne Cover,

danke Daniel und Nico fürs Lektorieren,

und danke meinen wunderbaren Testlesern, die mit unendlicher Geduld, Ideen, Kritiken und teilweise endlosen Diskussionen mitgeholfen haben, dieses Buch zu dem zu machen, was es jetzt ist:

Danke

meiner liebsten Freundin Heidi, dem lieben Lutz und der lieben Mandy und der echt süßen Jeanette!

Was hätte ich ohne euch alle bloß gemacht?!

Und denen, die eine Heirat noch oder wieder vor sich haben, verrate ich, wo ich die schönen Eheversprechen gefunden habe: www.wunderweib.de

Und wer den Flaschenöffner Trick nicht glaubt: https://www.youtube.com/watch?v=VSRDQGIfd78

Wer möchte findet mich bei Facebook: Alexandra Schumann Autorin, ich freue mich immer über nette Freunde!

Ebenfalls freue ich mich sehr darüber, wenn du dir die Zeit nimmst irgendwo eine kurze Rezension zu hinterlassen, damit ich weiß, ob und wie dir meine Geschichte gefallen hat.

Deine Alex

Weitere Romane der Autorin

*Wildrosengeflüster*

Alexandra Schumann

Annas spürt, dass ihr Ende naht. Bevor sie geht, möchte sie ihre Enkelin Bella in lange gehütete Familiengeheimnisse einweihen und schreibt ihr einen Abschiedsbrief. Denn Bella soll wissen, wo sie her kommt und schließlich hat sie eine wichtige Entscheidung zu treffen…

*Flug der Feder*

Eine Geschichte über wahre Liebe und Freundschaft!

Lass dich entführen in eine andere Welt, in eine andere Zeit, um zurückzukehren ins Jetzt und Hier…

Diese wunderschöne Geschichte trifft mitten ins Herz. Es ist die Geschichte des Indianerjungen "Feder", der ein behütetes Leben führt, aber von Schicksalsschlägen nicht verschont bleibt. Dennoch bleibt sein Herz rein und ist stets voller Liebe. Seine Bestimmung aber erfährt er erst nach seinem Tod und kommt dieser viele tausend Jahre lang nach. Bis er eines Tages beschließt, wieder geboren zu werden... und zwar als Frau! Denn endlich möchte er Wünsche und Sehnsüchte erfüllen, die bislang ungestillt waren. Wird er es schaffen, endlich ein voll erfülltes Leben zu führen?